睇字

都市字治学 著

香港

CHAPTER 0
序

在雜亂的視覺資訊中尋找綠洲

香港是一個怎樣的地方呢？香港地少人多，所以在狹小的空間內隱藏很多視覺資訊，而且很雜亂。若果你平日沒有帶住一個角度去看，你是不會看到內容的。但一個城市的景觀是會潛移默化影響你對該個地方的印象，像你走入深水埗街角大門上見到一大堆電錶錯綜複雜電線加上閃動的廣告板，你不用去深究也會感到這裏暗藏了一點危機，但對遊客來說這是刺激。2003 年《明報》給了我一個專欄叫「單身看」，意思是我享受一個人遊手好閒在街頭巷尾觀看有趣的事物，整理後把圖像和觀看角度在報紙跟讀者分享，像在幾條巴士線的巴士站 (91 91M 92 96R) 上看到一個電話號碼並打出去，在超市內找全世界運來的空氣，在六合彩彩票上填個 Win 字出來，隨意在地鐵站方約人下等一個朋友 ......

我看 Dave 給我的相片，幻想他平日在街上大概是怎樣觀看的狀態。他應該是喜歡隨手拍照的人，沒有固定的目標，由景物來吸引自己拍照；手機內藏有無數之多的相片，一張相也可能會拍幾次，先用直覺去記錄低影像，再從幾個影像的比對中選擇一張最合適的出來，所謂合適的條件每次都是跳動的，但會由相片內的視覺資訊直接判決，像有時可能因為相邊多了半盆植物而不要那張相片。這些視覺資訊在一張相內構成我們接收的內容，有層次和閱讀先後之分，錯誤引導的要剔除。這是用視覺語言溝通的人的

特性，喜歡比對差不多的相片，並將它們並列出來，尋找些微的差異。同時他們都會有儲物的癖好。所以你看 Dave 的相片是有一種集郵的感覺，林林總總密密麻麻，他好似有一種「集齊一套嘢和塞爆一個地方」的觀念。我不知他是否因出書而有壓力要做多幾個章節，但有些內容對我來說很吸引，如舖頭結業前的告示、叫人不要隨處小便的塗鴉、小偷被貼出公審的樣子、

手寫價錢板的美學格式、茶餐廳餐牌錯別字等等。每一張相片的影像內容要比它表面的文字資訊還要多，像這一張圖「捉到你打你老母 / 俾我捉到屎尿 / 小你老母 / 仲康」（小和到是補加字較小），其實睇落格式頗文雅，行書大大字直排由右向左寫是傳統書法格式，三句並列最後還有署名或地方名，看得出寫字者有習書法根底還頗有文化素養，罵人時頗有違心，所以看起來語句有點不順！香港地臥虎藏龍，到處都有高手。

因為香港的視覺資訊很雜亂，看是需要故意訓練出來，日常狀態中我們一般人是避免看更多資訊。要看到東西有兩個條件，一需要有看的慾望，二需要有看的角度。在 Dave 的相片中我們看出他有兩個強烈的慾望，一是他喜歡密密麻麻的圖像，有一種想把混亂資訊分類和呈現的慾望，他並不太像人類學者在意解讀內容背後的意思，而是集齊圖像隱藏的視覺張力，再將它妥貼地排列出來，這也使他再回到混雜的街景當中時，有一種已被處理過的安心感覺。另一種慾望是他似乎暗示我們知在這種雜亂或隨意率性連繫到人性的生存根本慾望，我們在社會生活中被訓練而成的禮教秩序儀式，日常設計審美中講求的視覺邏輯都在壓抑我們這種內在原始創作

力，他在城市暗角讓這不見雕琢的狀態呈現出來，幾近是一種讚美，亦是反精緻化美學的態度。

看的角度是需要被培養的，我們不就是被商業廣告的影像刺激洗腦，就是已經對所觀看的景物失去了趣味。這裏我教大家三個簡單的方法，我們就可以像 Dave 一樣看出一個新世界，你可當作一個三日的視覺清洗療程。第一日，打開手機在你一個月拍過的相片中刪除不要的相片，把剩下來的相片減到最少，少到可以是每日三張，再從當中每張回想拍攝當下的情境；第二日，去街不要拍照片，臨睡前把你當日記得的畫面用一張白紙寫下來，記憶每個影像當下的內容；第三日，在你出門前心中定下一個今日想看見的事或主題，如：藍色、花、意外或善良的香港人 …… 你在街上就會遇見這些，把它拍攝下來。慢慢你就會培養到一種屬於你個人主觀的觀看習慣。

所謂角度也是信念，你想要這個社會是怎樣，你就會怎樣去看。正如 Dave 的相片告訴我們，在雜亂無章的圖像中其實充滿生命力！

推薦序 林曉敏 《香港遺美》作者

見字如面，文字是城市的個性，也是訊息媒介。在 IG 漫遊，常常會看到「都市字治學 citywording」的日常城市觀察，多年以來，一直行行重行行，以文字為經，以城市地景為緯，將香港的文字奇觀整理成書。

從事廣告行業的 Dave，加上處女座的特質，對訊息和文字特別敏感，在資訊量泛濫的年代，睜開眼睛環視四周，仍然能夠從中找到無數亮點和視覺衝擊，觀察入微，在平凡中找到不平凡。讓我們在既存的城市景觀，回溯歷史和文化，獲得新的啟發，不就是城市考現嗎？

細閱內文，不難發現他是整理控，將各式各樣的字體分門別類。霓虹招牌、市政大樓的 stencil 字、手寫的餐牌字、停車場的圓體字、外牆的 Helvetica 字、職位空缺的招聘告示字體、手繪貼金箔字的招牌、螢光黃價錢牌上的 marker 字、醫務所的白底黑字燈箱招牌、封塵記念冊的小學雞字、集郵中心的膠片字、魚檔發泡膠上的海鮮字、渠王的手掃油漆字、茶樓門口的書法水牌字、舊樓暗角梯間的警告字、麵包餅店的花式藝術字體、生日蛋糕上的朱古力字等，諸如此類。

城市字海，不僅是字體設計，還有光怪陸離的訊息內容，對美學和傳意都有很重要的影響。作者調皮的筆觸，三分浪漫，七分麻甩，讓人不禁莞爾。

書中夾雜許多首廣東歌、電影場景，瀰漫濃濃烈烈的香港 vibe，喚起我們的集體記憶。不妨跟着書中的城市描述，眼睛散步，文字朝聖。

2020 年代開展後，在社交媒體、尤其是在 Instagram 上，有種專頁蔚然成風，愈開愈多，我一直認為他們共同構成了一股正在持續生產「普及城市文化」（popular urban culture）的力量。

這些 IG pages 各自關注一種城市的「組件」，有的是團隊營運，有的是個人書寫，他們各有關心的課題，加起來，幾乎「窮盡」一座城市可以被關注的面向。除了內容多樣，更重要是，這些 IG pages 加疊起來，創造出一種全新的，關注城市空間的氣氛。

稱之為「普及城市文化」，因為跟電影電視、流行音樂、動漫遊戲般相若，大家開始視吸引這些訊息與創作為一種主流的文化活動之一，我也認為，許多這些 pages 生產的內容，都雅俗共賞，讓人讀得非常有快感。享用、流通、討論、再創造這些關於城市細節的內容，就是當代獨有的普及城市文化。

在這些普及城市文化的「流派」中，觀看與分析都市裏的書法、手寫字、招牌、塗鴉等的「文字派」可謂是「大宗」，不少朋友都醉心於日常在街道上，觀察映進眼簾的各種文字，並理解它們可能延展的故事與美學脈絡。

在「文字派」的 pages 中，其中一個我特別記得的，正是「都市字治學」，除了因為其獨特的文字，也因為版主 Dave 有極強的觀察力，他分享的、

城市裏出沒的字，往往都是稍一不留神就會被錯過的。而且，我特別喜歡他的「雜食」，甚麼類型的字都可以成為他聚焦的對象，所以 page 的內容時時出人意表、各種發現驚喜甚多。

一直認為，Instagram 傳播力超強，但相對沒有系統，如今都市字治學精彩的內容，可以被整理成書，是一大好事。這些書也讓我們看見，精彩的發現背後，Dave 有一個完整的觀看框架，從因步行而來的發現到廣告創作帶來的洞察、從街道上「無謂」知識到個人省思，都讓我讀得很快樂，因為這些都是平常在他的專業上，未有盛載的內容。

作者說，都市字治學的「治」，原來解作治癒。 謝謝 Dave 把自我療癒的事，轉化成公共的事，可以從書中學到被城市裏的字治癒的魔法，是讀者之福，也對當前的香港很重要。

自字序

老實說，我不是一個閱讀愛好者，更從沒想過要寫作。當我收到編輯的邀請，希望將我記錄城市文字的「都市字治學 citywording」IG 專頁輯錄成書時，我就好像化骨龍（張家輝飾）在電影《黑馬王子》般「心情好肉酸（好複雜）」。有機會把自己的 IG 專頁推進一步固然難得，但又怕自己力有不逮，應付不了書寫一本幾萬字的書。最後，我還是決定豁出去一試，總覺得人生要至少做一件離譜的事，既然有人肯大膽投資在我身上，我又何必擔心那麼多？就算過程在地獄來往又折返人間，起碼順利完成已足夠我炫耀一輩子。

當初製作「都市字治學 citywording」IG 專頁，只是想把自己在香港遊走時沿途拍下的招牌文字照片放上 IG 作個記錄。後來因為觀察的範圍漸漸由招牌擴大至街上不同的文字，小如大廈告示、大如巨型廣告牌都變成我的囊中物。於是乎每星期一系列三篇的 IG 帖文，也隨着發掘的文字題材越來越多，而越寫越上癮。IG 名稱上的「治」，是治癒的意思。我本來希望 IG 發表的帖文能把城市文字的溫度傳給其他朋友，讓他們獲得治癒的感覺，現在得以將這幾年觀察及尋找的收穫結集成實體書，實實在在地捧在手裏，這個「字治」亦演變成治癒自己文字癮的「治自」了。

我的正職是廣告創作的美術總監，跟很多從事創意工業的人一樣，腦海中有一個大抽屜，將平常遇到不同的人和事，哪怕無聊的有聊的，全都放進去以備不時之需。而這次文字寫作，可算是我有生以來最大型的一次翻箱倒籠工程，經過艱辛的斷捨離過程，精煉出你現在手上這本書。它不是甚

麼字款天書，亦非介紹不同招牌字體，更沒有老店的訪談，而是把平常大隱於市的文字，收錄成二十八個睇字小故事。書中四個章節的名稱，代表着我的不同創作過程和動機：

「**常行**」的故事多以步行作觸發點，用腳一步步到處尋找文字。這個章節源於我的健身教練要求我每天走 17,000 步以達至消脂效果，為此我將搜尋文字和脂肪兩個目標綑綁，用腳力發掘出來的文字越多，脂肪大概就越少，是一石二鳥的完美計劃。想要減肥的朋友，也可跟着我的文章散步，寓消脂於字得其樂。

「**美學訓練班**」希望利用我累積多年的廣告創作經驗，以一個美術總監的觀察角度，發掘城市中未被人廣泛欣賞的隱世文字美。

「**社交障礙賽**」則從我的社恐性格出發，把獨處時在腦中翻騰的狂想，透過日常被忽略的事物和文字，盡情發洩出來。

「**無用之用**」借引莊子的話來表達我想要分享的一些街頭無謂知識。我相信如果這些知識運用得當，它們總有一天能發揮出意想不到的作用。

現在人人手機不離手，出實體書根本是逆流而行，出版社還找上我這種非文字人來出書，他們是瘋了（他們真的叫「蜂鳥出版」）還是「嫌錢腥」？結果我從一個編輯朋友的回應中找到一些啟發：「身為一個編輯，最希望是吸納多一些平常不愛閱讀的人。若果推廣易入口的書籍能夠讓更多人愛上看書，不就成功了嗎？」真的，為了寫這本書，我已經成為她口中第一位看多了書的「讀 L」！要達成一個目標，就要從有興趣的事情入手，才能走得遠。我自身這個勵志的故事，希望也能啟發你勇往直前。

常行

CHAPTER 1.1
浪漫
是您的本性

「浪漫是您的本性 怕 世界不會明 受盡白眼與嘲笑 請不要悲傷」
「我要帶您到上環 看那舊建築 若您問我為何 我會告訴您 只因我倆都浪漫」

《浪漫是您的本性》是我認識本地樂隊 AMK 的第一首歌曲,那時正值青春期的我,聽着那種可愛曲風和樂隊靈魂人物關勁松先生的地踎式唱腔,不自覺地學懂人生第一堂的愛情課:原來所謂的浪漫,就是受盡白眼與嘲笑;原來帶女生去上環,就是浪漫。今天回想,這首歌可以說是構成我奇怪思想的啟蒙,同時也令當年不少女生想給我白眼吧!近幾年,由於多了機會在上環附近出沒,漸漸發現,在這個地區放任亂走,還真的別有一番浪漫。

要到上環看那舊建築,少不了 1906 年興建的愛德華式舊上環街市(即今日的西港城)和 1970 年採用現代主義建築風格設計的林士街多層停車場。不過最能令我萌生浪漫感的,反而是旁邊的上環市政大樓。每星期來這裏的熟食中心吃午餐,我都會從旁邊的樓梯走上去,途中會遇見一塊懷舊的 stencil 字體告示牌,相信是自 1989 年街市建成已經存在的吧,每次望着它,都好像示意一段浪漫旅程的開始。

中午的熟食中心聚集了附近上班的藍領白領,他們隨便找個位置坐下,看着牆上種類繁多的套餐選擇,在手寫餐牌字海裏搜索各自的心水,你點 1 號餐叉燒煎蛋飯,他選 D 餐涼瓜牛肉河,而我的最愛呢,就是餐蛋包……和那個花碼標價字。有人愛靜靜地自私食,也有人愛與一大班朋友 lunch time 豪嘆個海鮮餐,大家吃着喜愛的食物,自己給自己製造一點麻甩的浪漫,當作忙完一整個早上後的短暫休息。

填飽肚子,我踏出市政大樓,就被對面商場兩個擬似「方中 sir」的中文字吸引了注意,忍不住要走進去看個究竟。回想小時候第一次見到「招財進寶」的組合字,驚覺原來中文字也可以像日本戰隊特攝片的機械人般合體,對造字人的心思極之佩服。今天目睹合體字的二號機「日日有財見」,不知道會不會有人再把這兩個組合字再組合,合體成終極合體字呢?

上環的空氣永遠瀰漫着鹹香味道，我跟隨香氣神差鬼使走到附近的海味街，只見兩旁店舖門口都掛上大大的水牌，以秀麗的書法字體和手寫字介紹熱賣新貨，好讓買家們瞥眼即見。為了拍攝這些水牌，我這個混吉客唯有混入顧客途人之中，極速拍下那些無論看幾多次也不知是甚麼乾貨藥材的文字，趕緊離開現場。每逢陽光猛烈的中午，海味街都會出現一片奇景：每家每戶把倉庫的魚肚花膠魚翅等等東西拿出來，鋪滿店外能觸及太陽的地方。這種「抱起了幾千攝氏陽光」的天然除霉方法，真是這兒獨有對太陽的浪漫，投入得連老闆的內褲也要「來讓相戀近乎熱燙」。

每逢農曆新年前夕，海味店除了要招待辦年貨的人潮外，還會踴躍參與一個期間限定的活動——抹招牌。以前的書法招牌字多以銅來鑄製，加上早期沒有防氧化的技術，所以每隔一段時間就要以人手加省銅水去做保養，希望光鮮的招牌為商店帶來好的印象和信譽，而「省靚個招牌」這句本地俚語就是如此得來。今天招牌字比過去易於打理，不需要日日省，通常只會在年近歲晚大掃除時順道把招牌徹底清潔一次，當作新一年的開運儀式。今天慶幸我還可以親眼望到這個呵護文字的動作，只怕將來買少見少。

對我來說，海味街的真正身分是一條貓之步道。以前海味店一旦出現鼠患，肯定會損失慘重，養貓抓老鼠是每個店家都會做的事。現今保存技術提升，貓咪再沒有獵物可把玩，因此被老闆升職為貓店長，專責食玩瞓，閒時巡邏鄰店討吃及向顧客賣萌，做好公關工作。

之前有一段時間在上環上班，午飯後總會有段肚脹腦塞的時間，當其他同事走出辦公室吸煙放鬆一下，沒有煙癮的我也乘機善用這個地理優勢，往「雀仔橋」附近走走，看看哪家的貓店長今天當值，吸一口貓來為當天餘下的工作續命。這種與店長們的浪漫小聚，有幾多人能夠抵抗呢？

走上中西區的半山，樓宇都依山而建，不少出入口雖然設在斜路的旁邊，但它們的招牌都沒有因而東歪西倒，仍然筆直地掛在門口，跟那傾斜的路面形成一道獨特的城市風景。如果我住在這兒，每朝一出門就要面對咖啡杯都企不穩的奪命斜，實在要打醒十二分精神！它的提神程度，大概連咖啡錢也可幫你省下。一般人看見這些斜路和樓梯通常都會耍手擰頭，但只要你肯跨出第一步，用汗水與它們建立關係，在錯綜複雜的斜道石梯間，定必會找到大隱於市的小浪漫。

公園永遠都是製造浪漫的好地方。從上環一路爬上西半山，隱藏着一個被大廈圍繞、被人遺忘的地方——堅巷花園。精心規劃的結構，風格大膽的用色以及可愛的指示牌積木圖像，都屬於香港少見。這個公園雖然沒有甚麼刺激的遊樂設施，只是單純地以積木做主題，利用紅白分格砌成小城堡，佔領半山一隅；但是縱橫交錯的橋樑和樓梯貫穿整個城堡，讓人可從不同的路線慢慢探索，悠然消磨一個下午的時光。相比起普遍公式化的公園遊樂設施，我覺得這種玩樂體驗更為豐富有趣味。

公園在於社區是一個很重要的公共空間，除了給小朋友放電外，也是讓大朋友「叉電」、老友記讀報紙做甩手操、OL 及外賣速遞車手在繁忙之間逃離現實的一個歇息地。偶然遇到熟悉的陌生人，還可以互相問候一句，然後各自返回自己的崗位。難得有一個地方可以享受這種寧靜和浪漫，在未被大媽及 Happy 伯之流污染前，請珍惜。

西半山的堅道有一間老氣的教會，普通人走過通常都不以為意，除了我。「信耶穌得永生」六隻字的下面明明寫着「奮興會」，我卻十次有十一次看到「會興奮」，心裏也忍不住 happy 起來，想馬上走進去尋開心。本是莊嚴的教會，新舊的閱讀方向便會創造出笑話，證明幽默感確實是製造浪漫的最佳工具。所以追求對象時，不妨多就地取材説個笑話，將這個材料變成你倆才明白的 inside joke，對方對你的印象亦會大大加分。不過要小心別讓他／她誤會你有甚麼不雅的「興奮」想法，否則這一刻的浪漫，就會變成下一刻的災難了。

「寂寞是您的本性 看 每晚失眠 受盡白眼與嘲笑 請不要悲傷」
——《浪漫是您的本性》

多利來
夜總會 電梯按②字

金夢圓 夜總會 電梯按⑦字

多利來
夜總會 電梯按②字

金宝城 夜總會
請上一樓

金宝城夜總會　誠聘公開PR
無須飲酒　月入10萬
經驗不拘　專人指導　天天出糧　包膳食宿舍
歡迎試工　資料保密　電6263 6487

請懂國語、新移民
1.知客接待員18000元
2.待應服務員18000元
儀表端莊　勤奮上進
金宝城：6263 6487 洽

CHAPTER 1.2
今晚
賓酒行

小時候我除了從書本上學習到新的詞彙外，父母在坐車時也會教我招牌上的字怎樣唸，是甚麼意思。但每當遇到「別墅」、「賓館」、「酒店」和「夜總會」等詞語，兩老總是避而不答，然後拋出一句：「大嗰啲你就明㗎喇！」去打完場。

九龍城是我成長的地方，那裏有一個足以將整條街染紅的巨型霓虹招牌，上面八隻字「嘉林小築　汽車旅店」天天逼爆眼前。對於當年住在附近的小學生如我，因為不太能理解「小築」這個顯淺得來艱深的詞語，唯有靠「汽車旅店」四字對這個地方幻想一番：這裏是汽車住的酒店嗎？汽車是睡在床上還是躺在地下？有專人的五星級服務嗎？……每次經過，一大堆奇怪的疑問總會在我的小腦袋鑽出鑽入。

為了滿足好奇心，我偶爾會在小築對面蕩來蕩去。經過一段時間觀察，我發現步出小築的男女大部分都流露着快樂的表情。小學生的直覺告訴我，將汽車泊好，安排住在汽車酒店內，可以帶來很大的滿足感；在大人世界尋開心，原來同樣簡單。

長大後，我憑着驕人的觀察力，繼續在街上碰到各種奇趣事物。旺角花園街有一幢唐樓，它的弧形轉角掛滿同一賓館、但不同款式的招牌，由最傳統的綠底紅色書法字、電腦刜字燈箱，到發光立體凸字都集齊，完美展示招牌技術的進化。「西班牙賓館」幾個字朝向路口的每一個方向，務求令四方八面要解決燃眉之急的愛侶們，在任何角度也看得見。不過至今我也不明白，為甚麼要用西班牙這類國家名稱去命名賓館呢？從門面的設計大概估計到，裏面的裝潢不會讓你產生任何對西班牙的聯想吧。或者，用上使人想入非非的名稱，情話也格外充滿遐想：「打令，我哋食完飯去西班牙 happy 咯！」

西班牙的吸引力,相隔幾個街口再次感受得到。在花園街附近的基隆街,可見一個依然閃亮的「新西班牙舞廳」霓虹招牌(最近再到訪已不見了)。它從一幢殘舊不堪的唐樓伸展出來,當我慢慢走到招牌下的店門側面,竟然發現一件「古代文物」,一塊寫着「已領有舞廳牌照」的告示牌。

記得舞廳以前在旺角隨處可見,廳外經常佈滿色彩奪目的花牌,上面寫着「玫瑰舞廳大波波,任君上嚟摸摸摸」。這句宣傳標語殘存在我的腦海至今,使我對裏面的環境更加好奇。我聽過一個有趣的見聞:一班朋友帶一位首次涉足舞廳的小鮮肉去慶生,見識舞小姐的魅力。大家酒醉飯飽,在昏暗的舞池歡舞時,壽星仔突然感到一雙手從後撫摸,讓他飄然欲仙。他轉身想一睹美人的容貌,看到的,居然是一張濃妝也掩蓋不住的粗糙中女臉!他的表情驟變,腦海中對日式動作片中的素人、人妻、NTR、三上悠亞等各種幻想通通徹底摧毀!對於他的慘痛經驗,我深表同情,同時亦感激他讓我認證到「摸摸摸」的千真萬確,即使是由主動變成被動。

將思緒拉回現實，我在朗豪坊附近，找到一個我稱呼為「黃道十二宮」的旺角地標級夜店招牌群。十一個發光招牌，十二層服務選擇。跟動畫《聖鬥士星矢》一樣，血氣方剛的年青人由最底下的白羊宮逐層努力，用血跟汗打敗強敵，上到最後的雙魚宮，拯救受傷的雅典娜，接受女神的嘉許。只不過現在會上去的性鬥士都應該擁有相當年紀，體力和腳骨力都不大如以往，恐怕難以闖過所有關卡，反而旁邊的老人院可能更適合他們。

離開「十二宮」繼續遊走舊區，可以看到一些用上日本 AV 女優作招徠的桑拿夜總會宣傳海報。雖說現在行業的目標群組不斷老化，消費力大減，

但夜店仍然肯花錢做廣告，實在讓人肅然起敬。時代進步，利用 AI 生成出來的女優海報，只要一按鍵盤，照片中的女生要身材要樣貌，人工智能都能幫你辦到，成品更完美得令人震驚。至於另

一張海報上那張年代久遠的女優相片，主角那九十年代的妝容和髮型，加上一臉稚氣的 baby fat，即使沒有展示事業線，在懷舊當時興的今天反而更覺吸引。加上海報列出「地方整潔幽雅，環境清潔衛生，裝修典雅時尚，服務殷勤體貼」的賣點來推銷住家的溫馨感覺，就更容易使人心動。當然大家都心知肚明，宣傳海報的貨色絕不可能在店內找得到，但也足夠痲甩佬用來懷緬純真無瑕的戀愛感。

八十年代是上一輩形容為魚翅撈口的黃金時代，當年夜總會舞廳酒店賓館夜夜笙歌，各行各業都願意大灑金錢去做五光十色的霓虹燈箱招牌，一度令香港憑着醉人的霓虹夜景聞名世界。這幾年，霓虹一個一個消失於城中，從彌敦道尖沙咀段步行至太子，只剩下這個「聖地娛樂卡啦 OK 夜總會」的大型招牌，在彌敦道最後一個橫跨車路上，每晚堅持閃亮着。一個將近沒落的黃色事業，諷刺地成為這條街道上最後一道霓虹，當刻在它的虹光下，腦中突然出現達明一派的一首歌：

「燈光裏飛馳 失意的孩子 請看一眼這個光輝都市
再奔馳 心裏猜疑 恐怕這個璀璨都市 光輝到此」
——《今夜星光燦爛》

CHAPTER 1.3
介乎旺角與英國 的詩意

加多利山位於旺角以東，馬頭圍以西，何文田以北，九龍塘及九龍仔以南的一個小山丘上。兒時住九龍城，在九龍塘和何文田上學，每隔幾天就會在旺角太子出沒，所以加多利山幾乎是我每天都會經過的地方。

小時候長輩說住在加多利山上的人非富則貴，連三歲至八十歲都認識的劉德華也居於此處，就知這個地段何其威風。奇就奇在，不止我這個徹徹底底的九龍人一次也沒有涉足過加多利山，連問十個人有九個也說沒有去過，令此地更見撲朔迷離。

每次經過加多利山腳，無論是太子道西入口或者亞皆老街入口，望着上山的大斜路，自然會有一萬個推搪的理由。適逢十月尾秋風送爽，我終於成功突破心理關口，決心探索加多利山這個結界。

在熙來攘往的旺角買了杯手搖飲料之後，我途經何文田，踏上那條上山的陡坡。穿過綠樹夾道的柏油路，在婆娑樹影下緩緩邁進，剎那間，四周的環境起了巨大變化，我從旺角瞬間轉移到倫敦 Kensington 的高尚住宅區，手上的珍珠奶茶也升格為英式早餐茶。

加多利山上有兩條主要街道——嘉道理道和布力架街，是以發展整個山頭的兩大家族姓氏來命名。街道的英文名稱都用上「Avenue」和「Circuit」，而不是常見的「Road」和「Street」，令西方氣息更濃厚。除了街道名牌，各幢住宅的外牆還劃一地架上長方形深木色門牌，配上跟街牌相同的字體，統一而清雅，活像房子在加多利山的 VIP 會員證。

我跟着門牌欣賞街道兩邊一座一座的獨立洋房，它們不少是建於英國殖民時期的老建築，呈現包浩斯的設計風格，內斂且強調功能性。外牆均使用簡樸的白色，線條分明，無過多的裝飾，貫徹 less is more 的理念。這些格調相似的白房子匯聚在加多利山頭，難怪這個地方會被人稱為香港的「小白城」。

這裏處處是美感，其中最令我愛不釋手的，是那四圍可見的石牆。它用上阿嫲年代優雅界代表的麻石，由人手逐塊逐塊堆砌出來，再在石縫間用英泥掃口。牆內沒有用上鋼筋混凝土等現代建材，單憑麻石的材質和工人的手藝建成，過了這麼多年依然結構完好，不少更加完美融入花草樹木之中，讓小白城的風景更有層次和色彩。

麻石牆壁旁的行人路，每條都寬闊而規劃有致，路上連垃圾也沒有一件，
令我再三懷疑這兒是否我熟悉的香港。街上人數寥寥可數，碰到最多的，
是拖着狗散步的外籍女傭。她們以放狗的名義，在街角跟隔鄰的同鄉說說
是非，或者暫時離開 mum 的監視，與家鄉的丈夫來個視像通話。苦了那
幾隻想散步的狗狗，被迫坐下來參與傭人的家庭聚會，我看到牠們悶悶不
樂的表情，似乎還想多跑幾個圈呢。

加多利山的住戶以歐美人士及西化華人為主，我到訪那天剛好是萬聖節的前夕，很多平房門口都掛滿了應節裝飾，這家是蜘蛛，那戶是南瓜，有些甚至將整個前院鋪天蓋地佈置起來，專業級數可媲美不少商場。我可以想像在萬聖節當晚，小孩在街上逐家逐戶 trick or treat，一定比在狹窄密閉的屋苑走廊敲門來得更有氣氛。年少時為了勉強感受萬聖節氣氛，會相約朋友一起去主題樂園玩鬼屋；經過這趟旅程後便知道，要體驗真正的萬聖節，不用坐飛機也能辦得到。

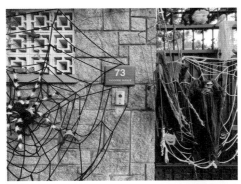

走着走着，我在路口一棵大樹的旁邊，發現一個召喚的士的燈箱。它的燈桿開始被樹葉環繞，感覺快要與大樹融為一體。跟隨的士牌的指示向前走，可見另一條上坡道。我本着冒險到底的精神，誓要上到加多利山的最高點，所以小腿今天唯有多受一點苦了。

逐步接近山頂，一個掛着「聖佐治閣」四字、由麻石牆築成的保安更亭阻擋了我的去路。仔細一看，原來在它背後，就是立於加多利山之巔的聖佐治閣。翻查資料，這座樓高六層、坐擁三十九伙的大廈原來已經有六十多歲高齡，那左右對稱的建築、置中的水泥製「ST. GEORGE'S COURT」門牌以及窗花和簷篷設計，都遵循着殖民年代洋樓的標準規格。相對那些新落成的奇形怪狀大廈，它蘊含着一種跨越時代的樸實美。可惜那次相遇後一年再訪，守護在山上的聖佐治閣已被夷為平地，所以日後只能用回憶好好記住那份雋永的美感。

於山頂回頭遠眺，清秀優雅的景色帶着令人忘卻繁囂的詩意，在綠樹和麻石交織而成的相框中，忽爾發現夕陽斜照的獅子山，熟眼的影像把我從英國帶回九龍。這趟時空旅行，讓我真切體會到樓盤廣告描繪那「旺中帶靜」的含意。

隨坡而下，太子道西那邊的山腳出口有兩座同類型的舊式洋樓，分別是加多利大廈和山景大廈，它們的門牌仍然保留着如懷舊粵語片似的字體設計。我拿起手機拍照記錄好之後，小白城的徒步遊也正式完成。

在秋風習習的行山季節，龍脊、大東山、嘉頓山的人潮可能比旺角還多，不如避開人群，來一趟加多利山小登高，感受殖民時代的建築詩意，在沒有多餘的刺眼招牌下，視覺和觸覺都可趁機放鬆一下，過一個文字冷河。

CHAPTER 1.4

像Mark哥般
奔向未來日子

《英雄本色》已是近四十年前的作品，每次懷舊電影台播放，我總會一次又一次目不轉睛地把它看完，除了懷緬那份男人的浪漫，也在重溫電影裏頭的香港場景，其中不少已隨年月變成當年情。

戲中新寧大廈門前那個經典場面，經常在我腦內重演，只因當年的我也曾在該大廈的廣告公司工作過，而每次經過大堂，都想找一個機會扮演由發哥所飾的 Mark 哥。這個多年的願望，終於在大廈清拆改建之前成真了！當時廣告公司的高層大佬廣邀所有員工及前員工，三人一組進行《英雄本色》的角色扮演，為這幢出自貝聿銘大師之手的建築作英雄式送別。其他組都是帥氣地高度還原 Mark 哥豪哥傑仔，唯獨我們這組雖落力認真，卻遺憾地被誤認為另類模仿《精裝追女仔》的交通燈、吳準笑和爛口發，證明我們還是當回廣告人比較安分。

電影這一幕本來由奸角李子雄、大傻等飾演，容許我們幻想自己在扮演三個主角在慢鏡下瀟灑邁步吧。

除了新寧大廈，戲中 Mark 哥出現過的停車場，一定是最多人去電影朝聖的地方。有次剛巧要去該大廈工作，終於第一次親眼看見這英雄沒落之現場。位處於土瓜灣，美華工業中心停車場那紅色牆身和壓頂的巨型圓體字，基本上跟電影看到的無異，雖然那「MAX. HEIGHT」樓層高度不知

為何矮了十厘米（戲中是 3.3m），但那份震撼沒有隨之而減少。置身於此，腦中自動補上《英雄本色》的主題音樂，彷彿目睹落泊的 Mark 哥推着車仔一拐一拐的走過。

這個 Mark 哥落難時唃飯盒的工廠大廈，其實也是文字朝聖打卡地。1986年建成的美華當時並非純工業大廈，而是工商兩用，因此設計上鮮有地以英文字為主，中文字為副，才能讓這個巨型圓體英文字款經典誕生。這個矚目的設計出現在美華的不同角落，例如電影所見的停車場，還有電梯大堂、大廈各樓層的單位指示、電纜房，甚至連大廈外牆的樓層數字，都不難發現它的蹤影。字體圓乎乎的形狀，活像一幅幅巨型兒童字母學習卡，這個充滿幻想和童真的設計，跟講求實際的工廈和為口奔馳的工人，形成強烈的對比。

電梯大堂中，一塊兩米高的中文告示板採用了這裏少見的圓體中文字，雖然那「15K.P.A.」突兀地沒有用上圓體，令我這個字體控看得咬牙切齒，卻幫助我留意到歷史遺物級的負重告示。在需要重型機器的生產線北上國內前，本地的工廠大廈不少是工業的廠房，那些舊式印刷機、啤機等重型機械的重量，加上開動時的重力，對大廈結構有莫大的影響。這個告示，正是要提醒廠主安裝及開動機械設備時加以留意，避免負荷過重。

如所有工廈一樣，這裏到處都是建築物條例的活載重量告示，不過我發覺，黃色電梯大堂外牆上、那兩行以 stencil 字體印製的內容有點奇怪。「此樓面之活載重量 每平方呎不得超過 150 磅」……150 磅？體重

130 多磅的我,開始擔心再多走兩步會否令自己身陷險境。幸好在 IG 認識做工程的網友,他們以專業知識指出,工廠大廈樓層每平方呎的負重平均為 1500 磅,就算我費盡全力去跳還是十分安全,相信告示只是印漏了一個零,而那個零,對於已轉型為特賣場、健身室和迷你倉的工廈,已變得可有可無。

參觀過美華這片英雄地不久,偶然在觀塘碰到它的翻版。無論是門口的大箭嘴、外牆的樓層數字或是巨大注目的指示,設計風格基本上跟美華的無異,只不過由可愛的圓體字變成設計師最愛的 Helvetica 字款。翻查資料,這座世紀中心於 1983 年落成,美華則於 1986 年,跟《英雄本色》上畫年份一樣。如果豪哥早幾年出獄,重遇 Mark 哥的地方很可能就會變成世紀中心了。

不知影迷有沒有察覺,《英雄本色》的英文名稱是 *A Better Tomorrow*,而《英雄本色 II》的主題曲名為《奔向未來日子》,兩者意思相同,可見吳宇森導演想要表達的寄望。為了有更好的明天,我希望自己扮 Mark 哥並不止於表面,而是將他的堅毅精神延伸到生活日常,以己之力爭取應得的,就如他的經典對白所述:「我唔見咗嘅嘢,我想自己攞番!」

CHAPTER 1.5
繆思散落
油尖旺

不要誤會，我這裏說的「繆思」，不是指尖東那大型商場，而是希臘神話代表靈感的繆思女神 Muses。畫家畢加索在創作生涯中不斷尋找靈感，幸運地在人生不同階段遇上六位不同的繆思女神，深深地影響了他的作品風格。多年來患有間歇性創作腦閉塞的我，因為沒有畢加索的豔福，唯有每次遇到工作上的樽頸位就暫時放下工作，跳出辦公室，往街上輕鬆走走。

由尖沙咀至旺角這個需要七千多步的彌敦道路段，應該是我留下最多腳毛的其中一條散步路線。油尖旺地區，人口密度堪稱世一，人多車多店舖多，自自然然散落在大街小巷的個性文字也相當豐富。我特別喜歡隨心情選擇每次想走的路，今次由尖沙咀出發，下次主力探索佐敦油麻地舊區，一次次、一步步尋找繆思的芳蹤。

當你以為尖沙咀只是一個時尚潮區，其實它隱藏着很多昨昔年代的痕跡。由金巴利道地標「三角島尿廁」出發，男士可以先解決生理需要，再沿着柯士甸路走，幾步後已經到達你右手邊的第一個景點——天香樓。現今少有的手繪金箔字招牌貼在啞金門框的玻璃門上，前面再懸掛一盞水晶吊燈，舊日黃金年代用魚翅撈飯的情景，彷彿重現眼前。

繼續向前走到柯士甸道時轉左，可見一個白底黑字的醫務所招牌，它的字體和排列方式，算是舊式診所門牌設計的最佳標準。門牌在黑色雲石和銀色門框的襯托下，完美地呈現出七、八十年代的情懷。華麗的天香樓與務實的診所，業務性質和門面設計也南轅北轍，卻有一個共通點，就是門口那條古典喱士窗簾。莫非這縷泛黃的輕紗有種逆轉時間的超能力，能夠令店舖躲開時代的洗禮，遺世獨立於廿一世紀的鬧市？

離開時光倒流的柯士甸道，轉入彌敦道，當年掛滿霓虹招牌的奪目盛況經已不再，剩下的德成街「馬可勃羅」是少數仍然屹立不倒的燈牌，為興致勃勃的人作指引。招牌上「純粹租房」的字眼，相信令不少孩童（包括以前的我）都大惑不解，以為出租房間是多麼有原則和態度。可惜現在旁邊的「馬可勃羅」日久失修變成「可勃」，添了一重意思，純粹不再，反而更有雄赳赳的風範。

跟馬可勃羅先生說再見後，於逸東酒店背面的舊樓群，又野生捕獲到名人。北海街一個門口上面，巨型大字寫着「趙志凌醫舘」。誰是趙志凌？就是在電影《功夫》裏面，跟周星馳交手打鐵線拳那位高手！趙師傅招生的燈箱，貼滿了他的威水戰績及跟外國人交流切磋的憑證，認真揚威海外。難怪他招收門生的內容都是中英對照，非常國際化，真正唔打得都睇得。看着相中拿起雙刀的趙師傅，我幻想自己一打開武館門口，徒弟們一字排開，站在中央的他耍幾招拿手的虎鶴雙形拳，嚷着叫我放馬過來……運動細胞細小的我，相信要接受這種玩命式的越級挑戰，還是等下世吧。

追完星，來到油麻地眾坊街樓梯旁，見到大廈外牆上的一幅集體創作，它混搭了管理處的手寫字、海報字體和 graffiti 三種不同功能的文字，三者不協調地在一個平面上交匯，可幸管理員懶得處理，無意中造就了一件地區限定的藝術品誕生。越深入旺角，越會發現千奇百趣的文字作品：有的寫着令人摸不着頭腦，不知是情人還是仇人的名字；有的在交通燈旁抄寫一句歌詞，似是要為等待過馬路的途人作音樂推介；有的則寫下「樣衰先要內在美，靚女洗（使）乜講道理」之類的心靈毒雞湯，最適合拍照放上社交媒體呃 like。各式各樣的匿名創作散落在大街小巷，使整個油尖旺恍若一個街頭藝術祭，只是這個祭典沒有地圖導覽且極為即興，作品隨時都可能被抹走，一期一會，看不看得到很講求緣分。

一段隨性的市區散步後，回到工作枱前面，想不通的工作可能依舊想不通，但剛剛在短時間內集齊奇幻、情色、武打和藝術的體驗，如一齣公路電影般精彩而具啟發性，只要銘記於心底，相信必定會有用武之地，只不過不是今天。其實無論是油尖旺抑或任何地方，只要願意親身慢慢探索，稍微細心觀察，總能找到散失於城市的不同高矮肥瘦的繆思女神，行出自己的一套靈感和「思」意。

CHAPTER 1.6
富山老味

平常一有空閒，我便會走訪一些鮮有踏足的舊區。這天我剛在鑽石山完成工作，趁着空檔便打算上慈雲山散散步。坐上小巴，身旁的菲籍傭工用純正的廣東話大叫有落，那時候我正忙於用手機處理公事，於是糊里糊塗跟着她下了車。當我視線從電話中移開，才發覺眼前的不是慈雲山，而是陌生的富山邨。望望手錶，時間剛好中午，不如在邨內找點東西吃再算。

走進屋邨，舉頭看到三座樓宇如圍牆般環繞着中心的庭園，陽光從缺口斜照，微風在山邊伴着樹影吹送，風水倒是不錯。富山邨在斧山的山腰，可能興建時想強調這裏好風水，於是將「斧山」改為近音的「富山」，取其財富堆積如山的好兆頭。

環顧四周，人流不算多，望上去大多數都上了年紀。他們在中庭的公園流連，有些用健身器械做運動，有些坐在輪椅上看風景。樹蔭下，還有看着手機笑得合不攏嘴的外傭，正在跟赤裸上身、軟癱在床的家鄉老公視像對話。邨內不僅居民年紀停留在舊時空，就連店舖也是如此。這裏除了一兩間連鎖式商店和超市，便只有零零落落的殘舊小店。居民要購物，大多要坐小巴到牛池灣或鑽石山。相比起落成年份相若的坪石邨和彩雲邨，富山邨瀰漫着一陣強烈的「老味」。

為了尋找這老氣的源頭，我每走過一間店就大力吸氣，終於在一間老藥行找到答案——店外那堆清潔用品釋出的化學檸檬味，和店內長年累積的藥材氣味混合起來，實在「老味」橫秋。門外的招牌也從視覺上滲出濃郁的老氣，深啡色書法中文字，以舊有由右至左的閱讀方向整齊排列，店

名「壽比南」無疑是要取其藥到病除、延年益壽的好意頭，不過崇日的我第一眼把店名倒轉讀成「南比壽」，誤以為與東京的惠比壽有關，有 0.5 秒真心想走進去，找惠比壽出品的鬼佬涼茶（即啤酒）來喝呢。

除了藥行，電器店也是舊屋邨常見的商店。在壽比南附近的榮輝電業，舖面一邊展示着傳統的大型風扇和抽氣扇，另一邊就放滿不同大小的筆芯電、收音機和室內無線電話等過時的小型家電及電子產品。飽歷風霜的招牌上，寫滿小店的服務範圍：修理電視、錄影機、鐳射影碟機、VCD 數碼影碟機和 CD 機等。這些影音器材在今時

今日恐怕沒有幾多個人尚在使用，更遑論維修。以前的年代娛樂不多，電視撈飯是家家戶戶的日常，每逢播放劇集大結局，電視總會極之準時地在故事情節最緊張的關頭泛起雪花。遇到這個情況，一般都會嘗試整理窗外天線。若電視仍然無反應，便會大手一揮，出力敲打電視頂部，好把它拍醒。如果

上述方式都行不通，就只好認命，捧着沉甸甸的大牛龜電視跑到電器舖，呼天搶地地向老闆求救：「冇電視睇點算呀！哎喲世界末日喇！慘無人道呀！」

被老店氣味和文物級電器分了心的我，受到肚子猛烈的抗議。我東瞧西看，鎖定了一間傳統冰室——林園餐廳。舊屋邨總有一兩間跟邨民共同成長的茶記，今天遇到的林園，在富山邨落成時已經開業，見證時代變遷。霸佔了半個舖面的玻璃櫥窗，每一格都陳列着自家製的麵包和懷舊西餅。招牌下面的燈箱則介紹冰室提供的各種食物，全部是真真正正的「招牌貨」。而最令我這個文字控感興趣的，是這些燈箱的用字。

在同一組招牌的「各式三文治」、「各色西餅」和「各式蛋糕」，何解會出現「式」和「色」兩個用字呢？是老闆刻意的安排，還是較多顏色的西餅要用「色」來凸顯？抑或純粹是招牌師傅執錯字粒的低級錯誤？縱然滿是疑團，但我只會放在心裏不去提問，深怕好奇害死貓，被侍應「加料」。港式茶餐廳文化，你懂的。

在電腦字款橫行之年代，欣賞手寫餐牌的墨寶是一項賞心樂事，若是字體寫得別具個性和美感而又不失辨識度的，就更加要珍惜。林園每天更新的「是日快餐」餐牌，用上圓潤細小的少女字體，讓人想起女同學的情信，令叫餐也充滿初戀的味道。而小菜的推介餐牌似乎出自另一個人的手筆，略帶生硬而時大時小的字體，像是一筆一劃花心機寫出來的兒童字，稚氣洋溢。一個少女，一個小童，搭配老坑茶餐廳環境，形成有趣的對比。

作為經常吃「孤獨飯」的人，我可以斷言告訴
你，一個人吃飯都可以盡興，因為可做的事很
多。把店內整個餐牌瀏覽過後，我便在卡位四
處張望，開始對店內的食客來一場人類觀察學，
並從中歸納出這裏主要的三類顧客。

第一類乃視林園為飯堂的街坊，他們只要跟侍
應使個眼色，廚房便會自動煮出符合其個人偏
好的 comfort food，讓他從容地一邊吃，一邊
跟伙記打牙骹。

第二類是在附近工作的藍領工人，他們勞動了
整個早上，最想吃到能量滿滿的飯餐。落柯打
數分鐘後，熱呼呼的肉餅飯隨即擺在面前，他
們繼續不為所動，依然盯着手機煲劇，享受午
餐的休息時間。待肉餅溫度稍為降低，才施施
然把脂肪和蛋白質大口大口吞下，讓身體儲滿能量去迎接下午的工作。

第三類就是我這種外來遊客，打量餐牌良久也拿不定主意，於是決定盲目
跟風，依照網絡推介點餐。結果花上十分鐘搜尋資料，最後選擇了一個熱
門但不對自己口味的菜式。

吃飽準備離開富山邨，我的腦海不知從哪裏冒出我很喜愛的一句話：你的
生活是我遠道而來的風景。這次即興地亂闖別人居住的地方，觀察他們平
靜如水的生活，除了是一件很舒心的事情，也是學習將「老味」細嚼為香
港獨特「老美」的一個沉澱過程。

CHAPTER 1.7
宅佬約會
之必要

每個年代都有自己的潮流，八十後的我還是學生時，每逢相約男同學就去蒲旺角信和、皆旺、兆萬等商場租漫畫、買遊戲；約女同學就會逛旺中、潮流特區和 Chic 之堡等商場選精品、試時裝。時至今日，旺角仍然是年青人購物娛樂之熱點，MK 依舊與貼地的潮流和宅文化劃上等號。作為一個資深青年，我仍愛每星期逛一逛旺角，即使我沒有看中甚麼心頭好，還是心癢癢想去走一圈，感受被玩具漫畫包圍的喜悅。

被視為玩樂集中地的旺角，當然也會大愛地照顧六十、七十後資深宅男的需要。不過這群人到底喜歡玩甚麼呢？跟我的文字蒲一蒲豉油街的好旺角購物中心，可以略知一二。好旺角商場是我認為最被低估的文化朝聖地，它的招牌設計絕對是死因之一，不但字體毫無個性，而且又殘又舊，很容易讓人覺得這裏是死場。我靜靜站在商場門口觀察了一會兒，發現進入商場的人竟然不約而同地穿着指定「校服」——格仔花袖衫襯西褲，再配搭功能性斜孭袋或背囊。連髮型都依足「校規」，一律銀灰色地中海清爽款。商場附近佈滿夜總會酒廊，看見大叔們個個神采飛揚地步進商場，不禁使我更加好奇這個好旺角究竟有甚麼好東西，誘使他們到訪。

好旺角樓高三層，場內跟大廈外圍一樣沒有令人眼前一亮的裝潢，只是在出入口處做了些簡單的門面功夫，安裝刺眼的白光管，盡量令陳舊的大堂感覺光鮮一點。當我踏上只裝修了半層的樓梯，環境慢慢由冷白變昏黃，抬頭張望，滿眼咖啡色階磚和地板，恍如瓷杯上的咖啡漬，明顯是用時間浸淫出來；加上那些已被時代淘汰的「消防喉」及「禁止吸煙」指示牌掛

滿整個空間，我覺得自己像是唸
了「般若波羅密」的咒語，成功啟
動穿越時空的月光寶盒。

商場人流不算少，我被一個背影
好像羅家英的花裇衫大叔吸引了
視線，於是跟隨他的身影來到一
間名為「九龍集郵中心」的小店，
發現店內有更多的家英哥在專心
地欣賞不同年代的郵票。原來這
個樓層的店舖很多都是郵票社，
它們的招牌均採用以前盛行的膠片字，雖然字體風格略有差異，但感覺如
出一轍。尤其是店舖的名稱都是走文藝風，譬如何平、楚瑤、旭藝、飛龍、
冠藝等，與言情小說的角色名字甚為相似。改名的取向，總是能反映每個
年代的潮流和喜好。

密佈牆身的郵票，讓我回想起小學那時，能夠擁有一本郵票簿是一件何等
重要的事。如果收集到圓形或三角形等罕見郵票，我會珍而重之地將它們
收納於郵票簿，帶回學校向老師同學炫耀一番，是多麼有「face 屎」的
事！

集郵其中一個有趣的地方，就是它背後所盛載的歷史，所以這裏每一間郵
票社，都儼如一座歷史博物館，滿載珍貴史跡。對很多中年以上的香港人
來說，最有情意結的郵票，大概是有關「事頭婆」英女皇的吧。香港還是
英國殖民地時，英國皇室每逢有甚麼慶祝盛事，香港郵政局都會為此發行

記念郵票及周邊商品。細看每張精心設計的郵票，加上店主在旁邊手寫的事件年份及簡介，像是匆匆瀏覽了香港的歷史里程。若果心思思想把某枚回憶買回家，也不需要天文數字的價錢，算是相當相宜的收藏品。

跟女皇頭郵票的情況一樣，如果你在找贖時意外地收到這個貴族朋友的硬幣，在香港已與英國分手的廿多年後，應該會視此為上天給自己的小確幸。沒有這種緣分也不要緊，你大可在這個商場自購英式情緣。各式女皇頭錢幣有價有市，男皇頭（即女皇父親喬治六世）硬幣就更加珍罕，例如這個一九五一年的伍毫，如今經已升價二十倍。

講到升值，投資舊鈔當然不少得。我發現櫥窗內這張俗稱「大棉胎」、新簇直版的綠色舊拾圓紙幣，價格已上漲百倍。有別於郵票，銀紙是一個科

學與藝術的結晶品，從手雕的中文字體、波浪形的英文名字、細膩的線條以至水印的圖案，除了要具備美感，也需要有防偽的功能。望著這張 1954 年的拾圓紙幣，再對比現今通行的紫色拾元「膠幣」，我只能說，無比較，無傷害。

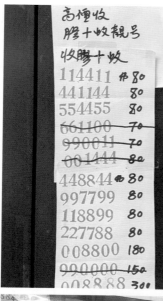

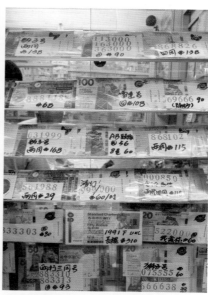

從價值角度來看，即使鈔票的外觀如何「膠」如何「弊」，只要它擁有一串靚冧巴，便能令價格起死回生。所以紙幣賣的，是歷史、美感，還有比六合彩中獎號碼更輕易得到的幸運。

錢幣社的櫥窗通常都會展示編號最罕有的鈔票，越特別的號碼，越能引起大叔的討論。聽着他們高談闊論，左一句「豹子號」，右一句「獅尾」，好像在講及武俠小說角色的綽號。突然又殺出「獅子老虎大笨象」，話題怎麼急轉到動物大遷徙了？聽得一頭霧水的我，唯有悄悄尋求 Google 大神的幫忙。搜尋之下才知道，原來「豹子號」代表銀紙尾三個號碼相同，「獅尾」就是尾四個數字一樣，如是者老虎等於五字相同，大象代表六字一樣。除了動物，還有其他「五同」、「六同」、「七同」等等的代號，數量繁多，學問更多，所以要做一個稱職的宅大叔，真的一點也不簡單。

要數龍年最熱賣的，應該是中國人民銀行發行的十二生肖「龍鈔」和「龍幣」。中國人講求意頭，龍貴為中國第一神獸，不少人也希望收藏一套。不過我相信到了豬年，炒賣「豬鈔」、「豬幣」的氣氛大抵沒有那麼熾熱吧。

除了郵票和錢幣，商場還有不少售賣舊玩具、明星照片、連環圖公仔書的小店，全部都是這群六十、七十後的宅大叔的兒時潮物。好旺角購物中心就是他們尋回青春的寶庫，每走過商場的轉角，總會見到他們眉飛色舞地跟店家及其他顧客大談玩物的趣味，閒聊之間彷彿看到大叔們年輕時的風采，大肚腩和皺紋也瞬間消失了。

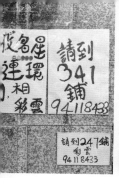

走出商場返回 2024 年的時空，回頭一望，有店舖將這個商場命名為「Memory Collection」，令我想起一則有關老人院的新聞。老人院負責人構思把院舍裝修成舊香港的環境，並在院內播放老歌，好讓老友記沉醉在美好回憶中，保持心態正面和健康。假若我這個八十後將來搬進老人院，我想我的生活日程大概如此：每天早上六時，一邊看 Marvel 的《復仇者聯盟》第一二三四或五集，一邊吃早餐；午餐後用《Winning Eleven》或《孖寶賽車》等遊戲打發時間；下午五時晚餐之後，姑娘打開電腦，循環播放軟硬、Beyond、四大天王、古巨基、林家謙及 MIRROR 的歌曲；在熟悉的背景音樂伴隨下，我與院友熱烈談論《火影忍者》的劇情，或是哪款高達渣古機體比較強，直至關燈睡覺為止……這種老派的宅男生活，我倒是有一點點期待。

美學
訓練班

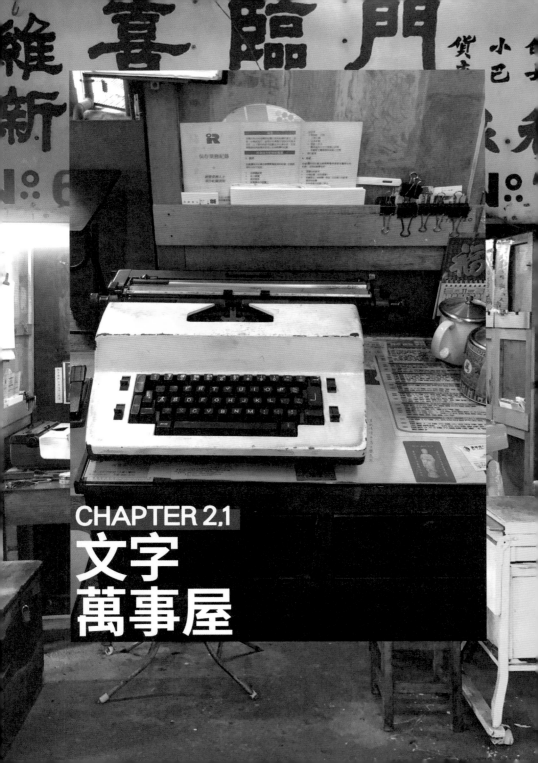

CHAPTER 2,1
文字
萬事屋

今時今日，生活上遇到任何解決不到的事情，首選定必是詢問 Google 大神。只要你識字，上至火箭科學下至今天晚餐吃甚麼，大部分疑難都可以輕易解決。近年 ChatGPT 和 AI 也加盟協助，速度及效率更進一步提升。然而近一個世紀前，讀書識字的人並不多，要寫信給遠方親友，多會找「寫信佬」幫忙。後來教育慢慢普及，家書代筆的需求驟減，寫信佬也開始轉型及擴大文書服務範疇，而他們狹隘的檔口，亦隨之變成「文字萬事屋」。

2020 年，我特意來到油麻地加士居道天橋底下的舊玉器市場，想要拜訪這些碩果僅存的文字檔口。市場內冷氣欠奉，密閉的空間只靠天花的吊扇稍為降低溫度。可是悶熱的氣溫，似乎無損叔父們的熱情。他們不少赤身露膊，有的在場內閒逛，有的在攤檔興致勃勃地把玩玉器。年紀及裝束也格格不入的我，決家不理別人的目光，厚着臉皮去尋找我的目標。

終於在玉器市場最深處，找到我要拜訪的對象。一個個小鐵箱，是剛好容納到一個成年人的元祖 working pod，裏面有一把風扇、一張摺枱、一疊紙、一支筆、一部打字機、一面貼滿賣旗貼紙的牆和一隻萬壽無疆杯。窄小卻佈局巧妙的工作空間，猶如「文」航客機的駕駛艙，檔主以文字作燃料，領航客人把所想所感傳送到另一方手上。「文」航隊長執行任務數十年，可能因為年事已高，而且世界亦開始自動導航，他們已經沒有必要經常助陣駕駛艙，只瀟灑丟低一個聯絡號碼，若這世道再有任務，才會重出江湖，為客人的文字起飛。

每一個檔口的招牌上面，出現得最多最大最明顯的，就是在職人士都絕不陌生的「報稅」兩隻大字。還記得我第一年出來社會工作，收到政府的第一個綠色信封，面對密密麻麻的表格，我完全不知從何入手。從小到大，沒有一間學校、一節課堂曾教導我怎樣正確填寫報稅表。因為深怕沒有「忠誠報稅」而受罰，我只好四處請教前輩這個怎樣填，那個怎樣交。

即使到了現在，每年應付報稅表依然使我膽戰心驚，可想而知以前資訊不流通，處理稅務對於一個經營小生意的升斗小民來說，是一件何等複雜的事，若果能夠找個有經驗的人士幫忙處理，花少許錢也樂意之至。因此可

以想像這個地方以前每逢報稅前夕一定十分熱鬧，檔主們應該都忙得七手八腳，要晚晚 OT。

寫字佬的工作不止於書信和報稅，還有其他商業用途的中英翻譯、申請各類牌照和護照，甚至連錢債及合約等文書需要，他們也可以效勞。有幾檔還提供國學寫作、書法噴畫的服務，最意想不到的是連擇日、算命、改名都通通包辦，或許替客人處理商務文件時，順道贈他們兩句，客人的回頭率也會大大提高。

仔細閱讀這些恍如放大版公司卡片的招牌，除了細列出檔口的服務範圍，大部分都以店家的大名做生招牌，有些甚至押上個人信譽，特別註明由經驗老到的「本人親自主理」，絕不假手於人，保證快捷妥當和安心。

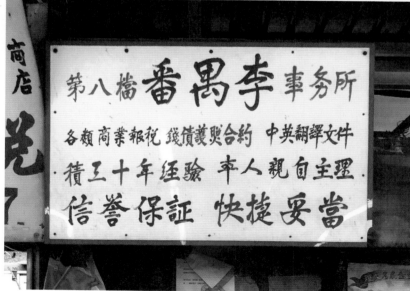

第八檔 番禺李 事務所

各類商業報稅　錢債護照合約　中英翻譯文件

積三十年經驗 本人親自主理

信譽保証 快捷妥當

那趟到訪舊玉器市場,是第一次,亦是最後一次。當時距離搬遷到新市場僅剩一個星期,看着附近的玉器檔攤已人去檔空,只餘下文字攤檔這一排尚算燈火通明。一個個被時間洗禮過的招牌下,東主都在默默地收拾多年來並肩作戰的文件和器具,我慶幸能在它們消失和被時代遺忘之前,親眼見證它們的存在痕跡。

2024 年,我初臨新玉器市場,昔日的吊扇已進化為冷氣,裸露上身的叔

父未見蹤影，簇新光亮的環境使冷清的市場有點淒涼的感覺。正當我想慨嘆人面全非之時，竟然再次遇上「文字萬事屋」。剛巧有個店主要收檔下班，滿頭花白的他整理好公事包，緩緩步出小屋，費力地把沉重的人字型鐵閘關上後，蹣跚離開。這些已屆退休之年的老闆，每天仍然堅持開檔，大概並非為了生意，只為與場內友好吃飯聊天，找個精神寄託吧。

長江後浪推前浪，撇除寫字佬的年紀問題，我覺得這個職業只要改革轉型，追上時代的步伐，其實是可以繼續生存的。他們可以轉為替人改網名、做 Facebook、IG、Threads和連登等帖文，還可以幫忙製作YouTube 影片、memes 圖長輩圖等等，填寫大人 LinkedIn CV 和製作小孩入學履歷相信也有市場……當然，幫人報稅還是最最最需要的。

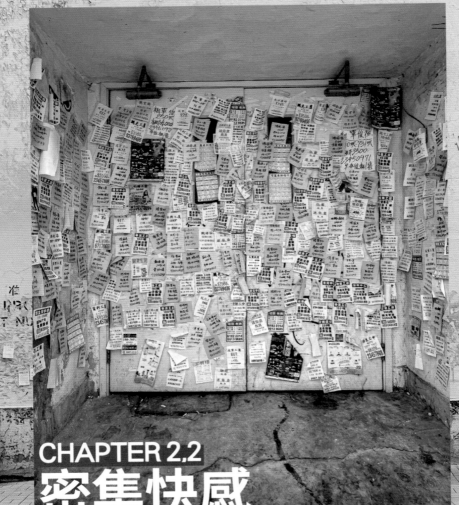

CHAPTER 2.2
密集快感

如果設計界要選出一句至理名言，相信「Less is more」一定會入圍。Less，不是單調，而是簡潔；More，不是繁複，而是豐富。你看蘋果公司的產品，多年來都是其堅定信奉者。

知易行難，在地少人多的香港，由城市規劃、招牌、店面，甚至一張普通的宣傳單張，大都反行 less is more 之道，密密麻麻、堆堆疊疊，絕不放過任何一個寸金尺土的角落。每天都生活在空間上及視覺上擠迫的環境，不少香港人傾向對密集感到恐懼和厭惡，我卻嘗試將它變成一種適應，慢慢享受這種 more is more 帶來的快感。

要追尋這種快感，本人首選深水埗。只要從港鐵站 C2 出口踏出一步，呼吸的空氣都好像立即變得稠密。

第一站先走進鴨寮街數量最多的五金店，可見一個成年以上、老年未滿的中佬，若有所思地盯着櫥窗裏不同功能的電鑽，模擬使用時的狀況。然後環視那一堆大大小小的批咀，再一個接一個拿上手把玩，觸感傳到腦內，計算起那三寸的 T15 和 T10 的分別，並拿出拍紙簿記低，再滿心歡喜地欣賞另一邊的金屬扣。其他顧客也各有各投入於工具零件和產品簡介紙牌密佈的世界，大家都自得其樂，整間店彷彿是中年漢的美國冒險樂園。

離開冒險樂園，大街中央有幾個專賣電池的排檔，是我不時會駐足停留的地方。對大部分人來說，家裏的電視遙控器反應不良，去超級市場買枚新電池便輕易解決。能夠驅使我千里迢迢來這兒選購的原因，是滿滿的儀式感。望着枱面密鋪了不同大小和牌子的電池，我心中總有少許莫名的興奮，跟剛才五金店的大叔一樣，我沉醉於電池海的偉大航道，盤算哪個品牌比較優質，哪件產品比較耐用。突然間，身旁出現幾個同好也在雀躍地挖掘各自的寶藏，我發現自己原來並不孤單，心裏暗暗竊喜。

來到第三站，這間店每寸空間都與貨品「膠」織着，上至各種用途的萬能膠，下至老鼠膠蒼蠅紙，基本上和黏合有關的工具都一應俱全，真正乜膠都有。在店內探索，每一卷看似差不多又沒有包裝的膠紙，店員都已經做好分類，再親手寫上每一種的用途，好樣「膠徒」各自尋找所需之

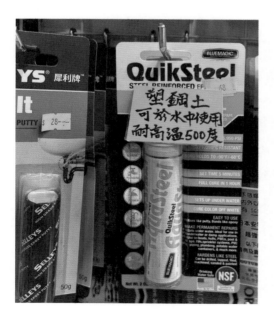

物。其中至得我歡心的一定是這支塑鋼土，雖然家裏未有物品需要在水中或在500度高溫下補貼，但其強大的功能足以令我雙眼發光，想買一支回家看門口。

在廣東話流行語中，對一件事情達至狂熱程度的人被稱為「膠」，鍾情巴士的叫「巴膠」，有戀足情意結的叫「腳膠」，那麼情迷逛膠水店的我是否要叫自己做「膠膠」？

有一年公司舉行聖誕派對，要求同事每人要買一件不多於十元的實用禮物來作交換。因為不甘於乖乖地買一份悶蛋的禮物，於是我在鴨寮街來來回回找靈感，終於在一間建材店物色到一份夠地獄又實用的好東西。我走到堆積如山的貨架前，被五花八門的磚頭包括沙磚、九牙磚、輕磚、馬路磚等一塊塊迫爆我的視線，不禁使我想向老闆八卦一下各式磚頭的材質和用法。但我又怎麼好意思跟他說，磚頭是買來當作聖誕禮物的呢？最後我還是忍住好奇心，急急付款離開算了。而那位幸運的同事收到本人精選的防火磚頭後，竟然突破人類極限，一秒內密集地露出喜怒哀樂連串表情。看來她也從中感染了密集癮，我十分替她高興。

有一天在太子洗衣街等候巴士時，留意到那間在我學生時期遇過的市井時裝雜貨店。招牌除了寫着「童裝‧大人‧內衣」，還有「奇趣各國軍警精品」。門面的巨量雜貨在凌亂中帶有秩序，從門口直望那深不見底的店，更能感受到繁密的氣氛。這兒每件貨品都清楚附上手寫資料，普通如一對白襪子，也細心地寫明棉質用料、大人尺碼和價錢多少，還附上私心評語「最舒服一種」。這些解說資料一張張整齊地佈滿店內店外，可見老闆也是密集主義者，等待我這種同道中人來欣賞他的精密陳列系統。

密集可為我帶來快感，不過若果心中沒有一個明確目標，過多的選項往往會引發選擇困難症，而最常病發的時間，應該是選餐的時候。雖然大部分茶餐廳都擬定了 ABCD 餐，減省選擇的時間和痛苦，但是愛自討苦吃的我，偏愛到那些把菜單貼滿店面的食肆，在菜單字海中，眼睛不斷碌上碌下，如淘寶般搜尋新穎奇怪的菜式。然後向老闆示意，要一個……特餐沙嗲牛肉麵凍檸茶。沒錯！搞了半天，最後都是點選最平凡沉悶的特餐，因為醉翁之意不在酒，純粹是要享受過程。當然，我的另一個考量，是要降低中伏的機會，為了身體健康，還是不要整蠱自己的腸胃好了。

下午茶
實加二元 凍飲加二元

豬扒 湯河粉

熱狗
咖啡或奶茶 $37

炸雞翼
炸薯條
紅豆冰/涼粉冰 $30

炸魚柳
什果沙律
菠蘿冰/涼粉冰 $30

西多士
鮮奶/豆漿 $30

漢堡飽
炸薯條
咖啡/好立克 $39

公司治
鮮奶/豆漿 $37

辣支竹豆腐
湯伊麵
咖啡/茶 $40

豬扒飽
炸薯條
加咖啡/茶 $42

鮮油多士 $16
各式多士 $15

飲品	凍	熱
汽水	8	$
鮮奶	14	$19
奶茶	20	$18
杏仁霜	20	$18
好立克	20	$18
滾水蛋		$18
菜蜜	20	$18
華田	20	$18
咖啡	20	$18
利賓納	20	$18
檸檬水	20	$18
檸檬茶	20	$18
咸檸檬七喜	24	$24
檸檬可樂	22	$22
鮮檸菜蜜	22	$22
鮮檸咖啡	22	$22

冰	賣	冰
什華賓治	24	$
菠蘿賓治	24	$
紅豆冰	23	$
菠蘿冰	23	$
什葉冰	23	$

沙律
什果沙律 $57
雞翼沙律 $53
魚柳沙律 $34

精彩之選
時菜薑蔥
香煎鯧魚柳
跟:飯/意粉 $56
堂食送湯 飲品加6元

三文治
火腿蛋三文治	$20
芝士火腿三文治	$20
餐肉蛋三文治	$20
火腿三文治	$18
芝士三文治	$18
雞蛋三文治	$18
公司三文治	$29
吞拿魚三文治	$29
煎蛋三文治	$27
魚柳飽	$27
豬扒飽	$27
牛扒飽	$27
芝士漢堡飽	$28
牛扒三文治	$26
火腿蛋飽	$25
漢堡飽	$24
熱狗	$15
西多士	$22
牛油三文治	$24
牛肉電列	$32
餐肉電列	$24
火腿電列	$24

湯麵或米粉

快餐
例湯 南瓜雪耳花生蜜棗排骨湯
1 楊洲炒飯
2 豉油皇雞絲炒麵
配:咖啡/茶
$50
凍飲加$2:外賣加$2
香腸麵 $25
雞蛋湯麵 $25
麵出前一丁加四元

飯或意粉
雞翼餐肉飯	$51
炸雞脾飯	$51
粟米魚柳飯	$51
黑椒牛扒飯	$51
煎豬扒飯	$51
炸雞翼飯	$51
生炒排骨飯	$45
紅燒豆腐飯	$45
滑蛋牛肉飯	$48
咖喱牛腩飯	$48
鮮茄牛肉飯	$48
粟米斑腩飯	$45
時菜鮮魷飯	$50
時菜海鮮飯	$50
豉椒排骨飯	$45
鮮菇鑊柳飯	$45
菠蘿牛丸飯	$48
時菜牛肉飯	$48
麻婆豆腐飯	$48
時菜肉片飯	$45
咖喱雞飯	$45
香腸火腿蛋飯	$45
咸魚雞粒炒飯	$48
福州炒飯	$50
西炒飯	$45
時菜肉片飯	$48
楊洲炒飯	$45
咖喱牛肉飯	$45
菠蘿肉片飯	$45
時菜牛腩飯	$48
炸雞絲飯	$46
滑蛋蝦仁飯	$45
香煎芙蓉蛋飯	$45
時菜排骨飯	$45
羅漢齋飯	$45
菠蘿牛肉飯	$48
鮮茄肉片飯	$45

什扒飯	$59
時菜扒飯	$54
時菜豬扒飯	$54
即煎豬扒飯	$54
中式牛柳飯	$54
西蘭花肉片飯	$48
西蘭花牛柳飯	$48
西蘭花班腩飯	$48
西蘭牛肉炒飯	$58
西蘭花鮮魷炒飯	$58
梅菜扣肉飯	$50
梅菜鮮魷飯	$50
涼瓜排骨飯	$48
涼瓜雞柳飯	$48
涼瓜肉片飯	$48
涼瓜斑腩飯	$48
涼瓜牛肉炒河	$58
豆腐牛肉飯	$48
豆腐牛腩飯	$50
茄子牛腩飯	$58
茄子排骨飯	$48
茄子肉片飯	$48
茄子班腩飯	$50
支竹龍脷柳炒河	$58
支竹排骨飯	$48
支竹斑腩飯	$48
支竹雞柳飯	$50
沙爹牛肉飯餐	$58
沙爹牛肉飯	$48
咸魚雞粒豆腐飯	$48
四川涼皇豆腐飯	$50
西芹龍脷柳飯	$48
西芹班腩飯	$48
西芹肉片飯	$48
西芹班腩炒飯	$51
西芹排骨炒飯	$58
糖醋排骨飯	$45

咸蛋叉燒炒飯	$50
干炒叉燒河	$60
魚村炆米	$58

炒粉麵
肉片炒河	$53
牛鬆炆米	$53
雪菜肉鬆炆米	$51
上海炒麵	$51
干燒伊麵	$51
廈門炒米	$51
排骨炒麵	$53
什錦炒鳥冬麵	$51
時菜牛河	$53
三絲雲吞麵	$51
星州炒米	$51
雞絲炒麵	$53
豉油皇雞絲炒麵	$51
干炒牛河	$51
干炒三絲意	$51
炸雞絲乾燒伊麵	$56
鴛鴦骨乾燒伊麵	$56
鴛鴦牛鬆乾燒麵	$58
沙爹什會炒河	$58
沙爹牛河	$58
雪菜牛柳炆米	$58
菠蘿雞球炒飯	$58
沙爹鮮魷炒河	$58
時菜鮮魷炒河	$58
豉椒鮮魷炒麵	$58
咖喱牛腩炒粗麵	$58
咖喱牛肉炒米粗麵	$58
豉椒牛肉炒粗麵	$58
牛腩炒麵	$58

外食加$ 鐵板 餐加$

粟米班腩餐	$74
黑椒牛扒餐	$83
美式什扒餐	$86
洋蔥豬扒餐	$74

例湯,汽水或茶
餐送飯或意粉

時菜豆腐排骨
魚香茄子豆腐
時菜排骨　時菜班腩
粟米雞絲　涼瓜肉片
鮮茄班腩　紅燒豆腐
時菜冬菇豆腐　粟米肉絲
茄子牛腩　時菜肉片
羅漢上素　時菜支竹豆腐
咖喱牛腩　涼瓜班腩

雞扒

很多報紙檔都是密集愛好者的天堂，那微型的空間總是鋪陳着海量的書報雜誌。現今紙媒衰落，僅存的報攤主要靠售賣香煙和汽水來維持收入，而這些東西，竟然亦承繼了密集的基因。有次經過報攤，見到一排貼滿螢光黃色價錢牌的飲品，搶眼得使我想買支汽水喝喝。在挑選途中，視線卻被那 A4 size 的「萬寶路 $76」價錢牌拉走，繼而轉去那些對於不吸煙的我聞所未聞的香煙品牌名字，譬如「銀珀」、「黃鶴樓」、「大衛道夫」、「大重九」、「極車特飛」等等，差點以為自己在看賽馬馬名；再加上甚麼「菠蘿絲」、「甜味雪茄」、「爆珠薄荷咀」……短時間被大量知識範圍以外的文字連環攻擊，腦袋完全超出負荷，最後我連望着「魚肉腸」和「媽咪麵」，也誤以為是某種新式香煙。

經此一役，似乎還需要加倍努力，四處發掘更多密集寶庫，才可以達至金剛不壞之身，把這種都市奇觀轉化成暢快的觀感。

CHAPTER 2.3
解鎖的
成就

成就可以靠自己解鎖，但要解實體的鎖，不得不依賴「開鎖佬」。住在現代化的城市，店舖一應俱全，甚麼也可以信手拈來，但偏偏有很多平常不會用到的商品或服務，在你需要的時候，永遠不能即時想起它們的所在位置，開鎖配匙肯定是其中之一。

每次要找人開鎖，十居其九都是突發事件，而且往往突發得有如在大台電視劇看到的老土情節般，例如是只穿着一條孖煙囪外出丟垃圾時，家門意外關上；落街買東西時忘記帶鎖匙，家中那煲湯還未熄火；又或是秘密情人被反鎖在洗手間，正印快要回家等等。試想你以前嘲笑的劇情，今天發生在自己身上，就算內心受的打擊有幾大，你還是要慌張地跑到街上求助，嘗試極力回想平日沒有用心留意的開鎖店在哪兒。按照大台戲情，在你絕望之際，就會無意中發現那條在街上閃閃發光的巨型鎖匙招牌，充滿愛地向你招手。整個窘境其實頗似一個角色扮演遊戲，只要找到鑰匙，任務就可解鎖，你便可升呢重新做人。

巨大鎖匙可算是每家開鎖店的標準招牌，不論是最舊式用木板手工自製的，還是現代螢光塑膠成形的，最重要就是要比其他四方端正的招牌搶眼，並在上面以巨型字體寫上店名、電話、服務等資訊，務求方圓十里都清晰可見。

開鎖最重要的，當然是師傅本人。鎖匠會運用他的專業知識和巧手技藝，在社區隨時待命，拯救不同卡關的苦主。配匙可在店內即場處理，不過開鎖一般都要上門進行，因此鎖匠的工具大部分都小巧而方便攜帶，這亦代表店舖面積不需很大，簡單在街角放一張椅加一個櫃便可以開舖。除了街頭盒仔檔，開鎖店也有不少以寄生形式經營，例如設於五金或地產店舖面一角，有可能是大業主想劏舖收租，亦有機會是他積極進取，想拓展副業增加收入，於是早我們幾十年成為 slasher，思維有夠前瞻。

有一段時間，在街上尋覓隱世鎖匠變成本人的主線任務。記得有一次在土瓜灣譚公道，找到一個闊度只夠一人穿過的小店，它卻垂掛着和店面面積完全不成比例的招牌數量，其中那枚黃色大鑰匙懸浮在行人路中央，更輕易引起路人的注意。而在這些「門面功夫」背後，店內也另有乾坤。

此店狹小得恍若一條沒有盡頭的窄巷，左右兩面排列着無數鋼鎖及鑰匙，高低起伏的層疊形成金屬大峽谷的質感牆身。突然有一個身影從昏暗的峽谷中伸出手來接過鎖匙，然後熟練地開動那部配匙機精鑄起匙胚。四濺的燦爛火花畫面，配上吱吱作響的打磨聲音作為背景音樂 ……「係《Matrix》!」我在心中暗自大叫，根本就是電影中 Keymaker 那幕的場景！只不過需要注入一些想像力，尤其是把街坊裝的靚姐幻想成西裝骨骨的 Keymaker。

以前一開始放暑假，我會慣性跑到工聯會進修中心，拿起那本厚厚的《夏季課程簡介》，找些奇怪的興趣班來打發時間。甚麼流行曲卡拉 OK 演唱班、中文業餘無線電台執照班、閉路電視證書課程，都不及鎖匠訓練證書課程令我兩眼發光，腦袋浮現人生勝利的畫面：我用短短兩個月便輕鬆躋身為專業匠人，以後每逢女同學的儲物櫃無故被鎖，我便可以救世主的姿態現身，解鎖儲物櫃，解鎖女同學的歡心……可惜最終這個 Final Fantasy 的想像氣泡，在我見到課程費用的下一刻便被戳破了。因為鎖匠班的學費不但非常高昂，還要額外付出千多元來購買工具。一想到辛辛苦苦儲蓄的零用錢就這樣一下子花光，我覺得，我不做鎖匠和救世主也沒有所謂了。

不過在平行宇宙的我，可能因為在某個暑假接觸了開鎖而對此產生興趣，現在已經成為一個專業鎖匠，因此大家可以專稱我為「Locksmith」。字中的「Smith」是匠人的意思，比起中文的開鎖佬，英文這個稱號被受尊重得多。的而且確，開鎖需要具備精巧的手藝及力臻完美的精神，鑰匙鋸齒只要差之毫釐，僅穿孖煙囪的苦主可能就要繼續蹲在門外了。所以下次光顧開鎖店時，不想造作地叫 Locksmith，起碼也尊敬地叫一聲「師傅」吧。

CHAPTER 2.4
襲擊
麵包店

村上春樹的短篇《襲擊麵包店》講述主角和他的伙伴因為一種特殊的飢餓感而去打劫麵包店。我讀畢全書後，除了驚嘆肚餓可以描述得如此活潑生動外，亦更為確定麵包是人類其中一種最偉大的發明。麵包吃法簡單方便，每次飢腸轆轆之際，腦海中首個浮現的畫面，就是它。

大清早的街上，總會遇到一、兩個咬着半個麵包在趕上班上學的人。大概因為吃的過程不需餐具和十足的專注力，麵包總是趕時間的 grab and go 之選。

俗語有云「糧尾要捱麵包」，這個「捱」字，不多不少也給予麵包負面的感覺。可幸我未曾試過這個慘況，不過小時候倒有啃麵包的經歷。兒時每次病倒，父母便會買兩三個清淡的豬仔包給我飽肚吃藥，雖然有時寵我的阿公會把砂糖夾在包中逗我吃，但是「捱豬仔包」的回憶，直至現在仍使我對豬仔包懷有偏見。

不能否認，麵包有時單調乏味，不過一旦給它一個神隊友，情況可以徹底逆轉。例如菠蘿包，在熱騰騰的軟麵包中插入冰凍的厚切硬牛油，搖身一變成為冰火交融的菠蘿油，滋味、價錢也頓時提升十倍。發明這種聰明食法的人，實在應該獲頒一個諾貝爾經濟學獎以作表揚。

又譬如新蒲崗一家街坊麵包店，幾年前將咖喱魚蛋這款香港經典小食和港式餐包合體，變成獨有的咖喱魚蛋包。麵包吸收了魚蛋的咖喱汁，餐包的蜜甜令咖喱的香辣風味更圓潤，加上魚蛋的彈牙口感，這個組合在我心目中，就算沒有米芝蓮星星，至少也是叱吒我最喜愛。而且這個我最喜愛只售四元一個，證明價值真的不是用金錢來衡量。

說到麵包店，不得不提招牌。在舊式的店舖，麵包的「包」字大多寫成「飽」。坊間對這個現象有很多解釋，但最令我信服的，是字體學的解話：當時製作招牌的師傅覺得「麵包」兩字筆劃一多一少，遠看會有點輕重不一，於是取其近音字寫成「麵飽」，既可令視覺更為平衡，「飽」字亦為麵包加入溫飽的意思。縱然不應鼓勵錯誤的寫法，但是我卻十分欣賞箇中以人的習性及感覺為出發點的設計心思，可能老闆們也跟我有同樣的感受，這個寫法才會成為昔日烘焙業招牌的約定俗成。

隨着西餅文化在七、八十年代逐漸普及，麵包店售賣的西餅種類越來越多元化，店名也慢慢由「麵包店」演變成「麵包餅店」。而字體設計亦刻意注入西方元素，由原本方塊般的標楷體，改為模擬英文書法的花式藝術字體（Script）。這種花式藝術的風格，是把一些筆劃拉長，並在頭端或尾部加入裝飾的弧形線條，令字款看起來更高貴，與優雅的西餅蛋糕更加匹配。

西餅之外，也來談談唐餅。雞仔餅、老婆餅、光酥餅是現今大眾比較熟悉的款式，不過與西餅的進食次數相比可謂差天共地。雖然唐餅在香港出現的年代遠比西餅早，但是崇洋的風氣助長了西餅的普及，令唐餅慢慢不受重視，加上它們沒有西方糕點的絢麗色彩和誘人賣相，所以即使來到手機食先的年代，魅力還是略遜一籌。

有一次我參加前《飲食男女》執行編輯呂家俊先生所舉辦的一個「老餅」分享會，會中他準備了皮蛋酥和熱美式咖啡，讓我們嘗試中西合璧一起品嚐。本來我對唐餅和咖啡均不太感興趣，但卻對於這個配搭有負負得正的感覺，與此同時，亦產生了我對老餅，即任何舊式甜餅的好奇。

屹立於九龍城福佬村道 48 年的豪華餅店，其橙色瓷磚和紅底白字招牌多年來都是區內地標。每當空氣中瀰漫着牛油香味的時候，等候蛋撻出爐的人龍定必準時出現。我是曲奇皮蛋撻的支持者，豪華的酥皮蛋撻不是我杯茶，所以兒時經過這裏，吸引我的不是蛋撻，更不是沉悶的豬仔包和紙包蛋糕，而是那黑漆漆的三角形朱古力西餅。現在已經記不起為何從來沒有試過那件西餅，於是我趁豪華在 2022 年結業前，花十二元來圓滿童年的遺憾，那個味道……令我領悟到有時把幻想和期望藏在心底，才可以歷久常新。

為了尋找老餅，我遠赴元朗，拜訪充滿懷舊味道的金蘋菓餅店。它沒有像豪華餅店般的人潮擋在門口，讓人輕易看見那些張貼在落地玻璃、被太陽曬得褪色的 3R 尺寸蛋糕相片，以便挑選。相中展示的傳統生日蛋糕，有不少在店內的陳列雪櫃也可找到，有雜果、栗子、黑森林蛋糕等，而目測數量最多的是芒果蛋糕，應該也是最受歡迎的口味。

根據我的小型統計，鮮果忌廉蛋糕應該是八十年代的蛋糕代表，每每翻看

老照片，任何生日節慶必定見其蹤影，可能因為蛋糕上的雜果顏色繽紛鮮豔好打卡吧。當年蛋糕的其中一大特色，就是內層忌廉中一粒粒的提子啫喱，既令小孩歡喜，又能豐富口感。另一特色就是甜膩的忌廉，卻與香濃的蛋味十分搭配。聽說不少元朗人都是被金蘋菓忌廉餵大的，即使現在破舊的門面已經翻新，但同樣的味道和情感依然連結着元朗國國民。

我每次買生日蛋糕，都愛把壽星的中文全名寫上去，因為我認為手唧朱古力名牌是生日蛋糕的靈魂，而且中文字唧花難度特別高，如果寫得好，確實是一門藝術。中文字筆劃基本上不可像英文書法般一氣呵成，既要令每個字有輕重之分，又要保持整體的清晰度與平衡。如果餅師能夠運用半溶朱古力的表面張力，靈活表現毛筆字般的輕重粗幼，就證明師傅功力深厚，也暗示了這裏的蛋糕質量應該不俗。

人生最沒有抗拒力的其中一個時刻，就是聞到新鮮出爐、香噴噴的麵包。無論當時肚子有多飽，都會暗暗地挑起我想用銀彈「襲擊」麵包店的慾望，麵包也好蛋撻也好，只想將這些食物的最佳狀態，通通塞入口中。

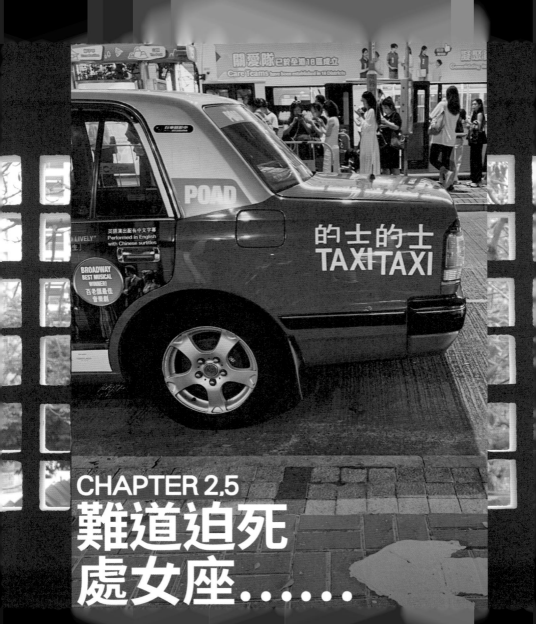

CHAPTER 2,5
難道迫死
處女座……

開始之前，先看看上面的圖片。它有否令你感到不舒服不自在？有的話，從星座性格上估計，你應該是完美主義的處女座，又或者……你是做設計的。設計師就是職場上的處女座，自第一天接觸這個領域開始，就被訓練要對視覺畫面有執着，直線夠不夠直、黑色夠不夠黑、品牌商標有沒有置中等，都逃不過他們的法眼。作為設計界的處女座，我每次在深水埗等候過馬路時望到這個「公」字，都恨不得跑過去再爬牆，將那一捺放好。

生活在紛亂的城市，總會遇到大大小小的奇怪設計，對我造成不同傷害。有時越無所謂的錯處，對我的攻擊力就越大，就像這個貌似平平無奇的「海福花園」，那「海」字升高了的三點水和「花」字那「化」開的寬闊大道，足以讓我抓狂一整天。

馬路旁那個黃色指示路牌，為了不浪費空間，硬生生把上面的「添馬」和「金鐘」壓扁，令字型比例變得不倫不類，感到很壓迫之餘，也替創作字體的設計師心痛。另一個「廣告招租」，兩塊差不多尺寸的廣告板，大概正常人都會給這對 brother 一模一樣的處理吧。偏偏一幅把電話號碼數字拉長，另一幅就幫中文字塊增高。兩個爛設計，就會給你雙重的打擊。

在每個廣告刊登之前，負責美術和文字的同事都必須小心謹慎仔細再三循環驗證稿件，確保沒有任何出錯。這個

慣性，不知不覺延伸至我的個人生活。有次在港鐵月台候車的空檔，我的職業病又發作，開始金睛火眼地把面前的廣告逐格掃描。神奇地，我幾乎每一次都能找到不足之處，就像今次這個廣告，上面的「HKTVmall」的「m」和「a」為何靠近得手牽手了？是想串謀迫死我嗎？

另一個例子，是這個放在港鐵扶手電梯旁的賀年食品優惠廣告，設計上最好做到搭電梯那千鈞一髮，用眼角一瞄就能看懂。主訊息「八折五天」本來簡潔有力，偏偏不良的文字排版，令人容易誤讀成「八五夭折」。這些不必要的文字聯想，在創作時需被考慮在內，例如改為四個字排成一行，或是把「天」字

改成「日」字，不就大大改善了問題嗎？如果有懵懂小孩在新春時節對着長輩唸「夭折」，相信會被提早開年吧。

除了美感，傳意在字體設計也扮演着重要的角色，其中一樣最多人忽視的是 sense breaking，即是標題或者內文盡量不把意思相聯的詞語分成兩行，好讓閱讀更為順暢。這塊餐廳告示板把詞語「二十四」、「營業」和「各位」全部拆開，明明只需 0.3 秒可讀完的資訊，卻要多花兩秒才能理解，雖然意思依然無誤，但在訊息泛濫的世界，稍為慢一點，資訊就有機會傳遞失敗。不過若然用浪漫一點的角度來看，不按理地斷開句子，其實蠻像一首贈給繁囂都市的詩。

每當我見到街邊一些土炮的流動廣告板，因為文字排位無章而產生誤會時，理智總會暴走一下。這位琴姐把電話號碼分成兩截，究竟按 97506057 還是 96705507 才對呢？抑或「琴」字的暗號是「9750」，「姐」字是「6057」？我差點想直接去找琴姐，跪求她改一改。

要說排版最過分的，我首選上環這塊巨型酒樓廣告牌。每次舉頭望見，都令我懷疑是否有人故意用設計摧毀世界。它的中文字使用舊式從右到左的寫法，而英文字和電話號碼則是由左至右，否則會變成火星文和錯誤的號碼。如果你嘗試整塊招牌完整閱讀一次，就會發現你的視線有如上了電影《頭文字 D》的秋明山五連髮夾彎一轉。我有理由相信，這個招牌是設計師對酒樓不滿的發洩。結果這個廣告牌足足懸掛了近兩年，害我在這段期間懷疑是沒有人覺得有問題，還是我有問題？直至某日發現它已換上更新的正確版本，我才對自己恢復多一點信心。

舊式屋邨也有不少令人錯愕的文字風景，在深水埗和長沙灣交界的麗閣邨便是一個佼佼者。和其他重新規劃的屋邨一樣，麗閣邨添置了新式街市和連鎖商店，為這裏帶來新氣象，可是這股新風並沒有延展至樓宇名牌上。麗薇樓那個裝歪了的「薇」字，算是小菜一碟；麗葵樓的「麗」字竟然由書法體變成宋體字；它的兄弟麗萱樓更離譜，三個字採用三款不同字體，各自我行我素，不委屈配合。最後的麗蘭樓，望着那個底面倒轉的「蘭」字，到底要有多粗心大意才會安裝成這樣？

走到附近的李鄭屋邨也發現類似的失修情
況，尤以孝慈樓的名牌最為厲害：粗了一
截的「孝」、經歷過地震的「慈」，和被颱風
吹走、只留下一片木的「樓」。這些隨着時
間變化的樓宇名稱，希望還未至於阻礙住戶尋找回家的路。

如果有壞人想集體謀殺設計師，他最需要的武器，大概是軟件 Word 內的
文字藝術師。壁佈板上的標語「一片綠色心，清新好環境」經由 Word 的
文字藝術師唸咒，扭曲成背離所有設計概念的「美術字」，可以令設計師
馬上頭暈眼花、歇斯底里，當場吐血身亡。作品境界之高，多多少少也反
映出該大廈對美學的重視以及對基本溝通的 sense。

生活在香港這個「設計之都」，處女座般的挑剔很容易令人生過得艱難。
與其激死自己，倒不如嘗試換個觀點，以欣賞代替批評。就像這個「東京
街 56–58」，部分字及筆劃都掉落
了，不過看得出有人悉心用黑膠帶努
力模仿原裝字款。儘管做法不完美，
但心思搭夠。這種正向觀察，可以訓
練自己的美學修為，放諸其他方面，
也是在這個城市的生存之道。

CHAPTER 2.6
難道喜歡
處女座……

設計師跟處女座實在有太多共通的性格，上一篇了解到他們怎樣被文字迫死之後，反過來想想，如果他們天生敏感的特質不是用來挑剔，而是以欣賞的態度來看待瑕疵錯誤，倒可以發現更多平常看漏眼的趣味。我每次見到那些年久失修的招牌，歪斜剝落的字體總會令我的理智線有一點斷裂；但久而久之，這種不完美在無人干擾之下，會自生出獨特的姿態，變成可觀的缺失藝術。

缺失之所以能夠成為藝術，我認為幽默感是其中重要的一環。一個普通的「天台花園」指示牌，「園」字不見了圍欄和泥土，令指示驟眼看似「天台花呆」。再望一望坐在公園發呆的人，新名字實在貼切多了。

在不少舊區，抬高頭總會看見各式各樣有名無實的外牆字。店舖結業，傳統上會拆除自己的招牌，以免被人亂用。牆身出現拆掉一半字粒的怪現象，估計是因為老闆性格「度縮」，只肯支付工人一半的清拆招牌費，隨便令店名面目模糊認不清楚便算。結果這無心插柳之舉，使「麗華公寓」留下了「華麗」，為廟街保留了一道綺麗的風景。

說到香港著名的街頭手寫字，少不了遍佈全港的渠王廣告。但這個似是未完成的手寫街招，究竟是渠王嚴照棠師傅落筆途中收到電話要去緊急通渠，還是寫完第一個數字後，發現書寫空間或油漆不足而停筆了事？抑或渠王想幽自己一默，嘲笑自己為人有點「狗」？

我在街上最常被觸發的文字潔癖，必定是錯別字。譬如這個紅極一時的招牌，把「粢飯」寫成「柒飯」，經過網絡瘋狂的討論和轉發，換來全港的認知和恥笑。如果這個失誤發生在廣告公司，將會變成文案、美術設計、客戶服務和稿件製作各部門同事的連環不幸事件，道歉、賠錢、「照肺」、處理公關災難等緊急事宜全部啟動。因此不要小看一個錯字，它絕對會以史詩式的震憾後果來警惕你不要再犯。

工作還工作，我自己本身其實對文字的敏感度不高，由兒時做功課測驗到現在寫 IG post，我的錯別字仍然老是常出現，每當發現其他人寫消費「卷」和「待」應，我心中會感到一絲絲欣慰，像是找到同道中人一樣。錯別字容易令人產生誤會，誤會又會鬧出千奇百怪的笑話，而笑話笑過後心情又會平復過來，所以它是紓解完美主義的執着的好方法。就像我第一次遇上這條「百事褲」，做廣告的我本能反應地以為是國際知名汽水公司推出的周邊商品，大概是用來強化品牌的花招把戲。拿手機 Google 一下，才知自己想得太多，這只是粗心大意衍生出來的一個別字，把「白事」寫成「百事」⋯⋯「百百」浪費了我寶貴的網絡數據。

每逢去茶餐廳吃飯，我都會暫時放下手機，怪癖地檢查一下菜單有沒有錯別字。假若找到目標，我便會幻想自己最佳男主角上身，一臉得戚地問伙記：「呢個黑椒牛扒長仔煎蛋飯同呢個茄汁豬扒長仔飯嘅『長仔』係咩嚟㗎？介紹吓啦。兩款一樣長㗎？……」幻想終歸幻想，出入茶記多年，我當然知道不值得以性命去拿彩頭，所以還是靜靜地吃我的長仔飯好了。

如果你不認識任何人會因為餐牌的錯別字而選擇該餐廳的話，那麼你現在認識第一個了。

我曾經因為餐廳寫了「良爪」和「甲退」而推門入內，想要進一步了解他們對餐牌文字的獨特看法。鴨腿湯飯四個中文字，鴨腿變「甲退」，湯字少了一劃，飯就以「反」代替，厲害之處是即使沒有一粒字正確，但亦無阻麻甩佬認出他們夏天最愛的套餐。自此以後，每逢經過有鴨腿湯飯的食肆，我都忍不住查閱一下這個菜名還有沒有其他變種，務求集合全港餐館的奇妙寫法，開辦全世界首個「鴨腿湯飯錯別字關注組」，屆時歡迎各位讀者投稿一起完成壯舉！

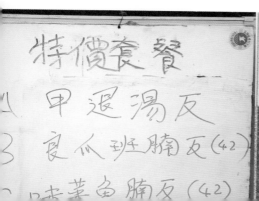

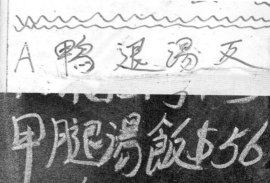

吃過茶記的人，都會對它獨有的符號文字略知一二。有一次在拍攝片場工作，放飯時望見三杯外賣凍飲，其中兩杯的杯蓋寫着「CO 水、小田」和「CT、小田」，代表的是凍檸水少甜和凍奶茶少甜，這兩道只屬幼稚園難度級別的問題，我當然懂，可是第三杯的確考到了我。「C 正下、X 田」這組神秘密碼，就算推理思維全面啟動，我也對於「正下」無半點頭緒，唯有喝一口來找出答案。味蕾上的苦澀傳到腦袋完成解碼──是凍齋啡！那個「正下」，原來是「正 F」，取其近音「淨啡」的意思；至於那「X 田」是譚仔話名句「走甜」，真的不得不佩服水吧師傅的文字修為。

香港擁有處女座敏感特性的人相信不少，他們每逢留意到身邊出現錯字，都會「認字特警」上身，忍不住改正別人的錯處。而且他們不止流於字面

的對錯，還會分析用法是否恰當。例如圖中的「電錶箱」裏面沒有錶，這個「處女座」在上面僅寫了三個字，便已解釋錯誤的原因和提出改成「電制（掣）箱」的建議。

千改萬改也好，就是千萬不要改錯。人家在街頭寫了「心如紫水」，隔天被老師附身的人打了個大交叉，然後改成「心渝紫水」，雖然字典告訴我，正確的寫法是「心如止水」，不過從隔空改字的互動中學習，着實令我長知識了。

有時為了吸收更多（及滿足自己的好奇心），當我見到錯誤的文字被蓋上更正的貼紙，多手多腳的我就會把貼紙撕開，窺視人家錯誤的瘡疤，同時提醒自己「士美菲路」和「海堤」的正確寫法，不再重複別人犯的錯。

某天無意間看到「禁止餵白鴿」的手寫告示，文字潔癖成癮的我預備要抓狂之時，突然靈光一閃，煩躁全消。換個想法，其實店主沒有寫錯字，只是希望大家大愛一點，不要粗聲粗氣地「餵」那些經過店舖的白鴿，人家可是有尊嚴的，不容許無禮之徒令牠們不悅，否則採取四處排泄攻勢，後果閣下自負。為了香港市容，下次經過，可以試試說句「白鴿先生你好」，或者叫聲「咕姑固」以表禮貌。

我這個假冒的處女座，真正認識一位典型處女座的設計師。他是一個徹頭徹尾的完美主義者，除了對自己作品的美感和精確度極為堅持，就連電腦桌面乃至檔案分類的排序和文件名稱的統一性，他都病態地講究，令我也深表佩服。雖然過分執着也會惹禍，但如果敏感細膩的特質和百折不撓的精神用得其所，世界才會有更多有趣的發現。

CHAPTER 2,7
市井之圖

一個城市的溝通系統，除了由無數的文字和語言所組成，圖像也是一個不可或缺的工具。我個人認為，圖像很多時候都被人當作是輔助文字的配角，不能獨當一面。可幸應用程式 icon、WhatsApp emoji 和 sticker 的出現，令圖像有了平反的機會。除了手機上的應用，在香港的街頭，又有哪些圖像在發揮功能性的作用呢？

圖像不受教育程度和語言限制，是與不同背景的大眾溝通的最好方法。如果你到訪過一些舊公共屋邨，不難發現邨內很多指示牌，都是以純圖像來標明，好讓目不識丁的老年人及看不懂中文字的外籍女傭能夠理解明白。

不過圖像運用亦有高手和低手之分，同樣都是街市的指示符號，一套是黑白圖標，風格一致兼具簡約美感；反觀另一套風格不一、線條複雜的圖標，像是從 PowerPoint 圖片庫不理好醜直接搬出來用的一樣。而且「草藥海味」、「燒臘」和「紙號」那三格，可能因為找不到適合的圖像，乾脆直接印上文字，懶理視覺上的統一性。

時代進步，很多與生活息息相關的用品都在進化，其中形態改變最明顯的，應該是電話，由半世紀前的有線撥輪電話，發展到今日猶如薄身盒子的智能手機。你有否試過想做打電話的手勢時，不小心把拇指和尾指豎起，做出代表六的手勢，然後放在耳邊扮作電話聽筒？當你做這個動作，就等於把自己的年齡出賣了。聽筒圖像與固網電話的聽筒一樣，年青人尚算可以理解，至於撥輪電話的圖像，恐怕完全不知是何物了。

使零零後的年青人不明所以的東西何止一種，還有保安攝錄系統。VHS 手提攝錄機是八十年代其中一樣最厲害的發明，它是首部家用的攝影器材，外形入屋人人皆曉，所以設計閉路電視的告示牌時，也借用攝錄機的形態來做圖像。現在的保安鏡頭小如鈕扣，令老爺攝錄機相對之下變得異常巨

型，恐怕新生代會以為是路蘭大導演用來拍攝電影《奧本海默》核彈爆炸場景的軍用級 IMAX 攝影機。

除了上述那款攝錄機圖像，還有另一款採用 35mm 攝影機作藍本的設計。上面那兩個半圓形是模仿錄影底片的外形，只可惜今時今日有接觸過此古董機的人越來越少，我聽過有些年青人誤以為大廈聘請了一個長鬍鬚的機械人負責保安，另一些則覺得這是個可愛的大眼青蛙監察員 。

的確，使用圖像來溝通有時會產生誤解，尤其當要傳達複雜的訊息，在沒有文字的輔助下，實在有點難辦得到。圖像表達比較抽象，所以想像空間較大，不同人可以有不同的演繹方法，例如這塊舊式商場門外的指示牌，你可以解讀成：大狗不可內進，但小狗可以；貓也不能進入，但其他動物譬如老虎歡迎；不可以用相機拍攝但手機可以，又或者可以拍攝但不可用閃光燈。至於最後那幅圖，究竟是不可以在商場玩保齡球，還是禁止拋精靈球捉 Pokémon？真是無從稽考。

這張「嚴禁寵物進入」的告示雖然比上面的禁貓禁狗牌努力闡明包含的寵物類型，但還是有理說不清，它讓我想起一個似曾相識的回憶。話說那個偏執的處女座同事收到一項設計工作，內容就是更改超級市場門口那個只畫了貓和狗的禁止寵物內進警告，因為有顧客質疑，是否只禁止貓狗進入，雀鳥就沒有違規。當時所有同事都以食花生的態度熱烈討論甚麼動物可進場，而這位認真的處女座同事，最後採取了寧濫勿缺的策略，把整個動物園的動物都放進那小小的禁止紅圈內，客戶看後自己也糊塗起來，整件事最終不了了之。

只要細心留意，街上不時會出現一些別具個性的指示牌，是我訓練自己胡思亂想、看圖作文的好題材。題目一：公園內禁止一個人舉起兩個垃圾桶，以防他搶走清潔工的工作；題目二：旺角路邊禁止行人和車輛產生火花，因為人車殊途，不要以為所有車都是你老婆。而題目三已經有人快我一步，搶先把無聊的想法畫出來，為這個城市增加趣味。

香港作為一個「止禁城」，隨便走進一個公園或平台，那塊指示的嚴禁事項多得像摩天大廈的水牌，而那些不准進行的活

SWORTS PLAYING
不准耍劍

動，往往就是需要寬廣的戶外空間才辦得到的事情。在深水埗麗閣邨的平台（對，又是麗閣邨），不准打球踏單車滑板等可能會傷及無辜的活動我可以理解，不准晾曬衣物以免佔用公家地方也合理，可是連耍劍和耍木棍等空間需求小的活動也禁止，未免太不近人情。抑或是我低估了街坊的武功底子，他們其實內功深厚，劍氣可震傷十米內的途人，因此屋苑唯有收緊規矩，把這裏管理得只剩下一個悶字。

圖像與文字就像夫妻一樣，兩者互相扶持、互補不足，才能發揮得最好。發掘文字可以很有趣，發掘圖像亦然。一如大家最常見的「小心地滑」，同一個提醒指示，可以有不同圖像設計及二次創作，而且比你想像的千變萬化，然後你會發現，原來「跌人」可以這麼層出不窮！

社交
障礙賽

CHAPTER 3,1
在紅van大叫
才是大個仔

很久以前有個麥當勞電視廣告,講述一個小男孩第一次自己戰戰兢兢到櫃枱點餐,成功後,面對鏡頭神氣地說:「我自己叫㗎,我大個仔吖嘛!」回想起來,我覺得自己大個仔的一刻,應該是小學時要獨自坐紅 van 回家,首次鼓起勇氣向司機大喊:「轉咗彎燈位有落!」

對於一個內斂又事事循規蹈矩的小學生來說,放聲大叫基本上是一件犯規的事情,每次我總希望有乘客同樣要下車,先喊有落,讓我可以悄悄地跟着下車。不過事情哪會每次都盡如人意呢?試過一次,我內心掙扎了一陣子,終於衝破心理關口喊有落的時候,紅 van 高速飛過我的目的地,繼續在公路上奔馳。我望着漸遠的家門,那刻還未大個仔已經感受到世事的無奈與委屈。司機駕車已經要一眼關七,再加上車內播放的音樂強勁,又怎會聽得到我那蚊蠅般小的聲音?自此以後,無論坐車頭或車尾,在小巴喊有落前我都必先氣運丹田,以宏亮的聲線呼叫出來,務求震懾車上每一個人。即使已大個仔幾十年,我每次下車踏出車箱的一剎,腦袋仍舊會自動播放那段廣告:「我自己叫㗎,我大個仔吖嘛!」

小巴的座位已經由起初的十四座放寬至十六座,再加碼到現時的十九座;但不變的,是我對於座位的選擇——單人排第二或三行、升高座位前的座位。

第一行座位太近車門太混亂嘈吵；升高座位（一般是第三或四行）的腳踏位通常很淺，坐得人渾身不舒服；而升高座位後面的位置，視線和聲線都會被阻擋，即是說司機有機會聽不到我喊下車，我可不想童年淒涼的經歷重演呢！

假若要挑選一種最反映到香港人特質的交通工具，我會說是紅 van，除了那頭搖又尾擺的極速飄移體驗，高度彈性更是精髓。每逢遇到塞車、客滿或路上緊急事故，司機都會輕輕問一句：「有冇人要喺XXX 落車？」五秒內無人回應的話，即「自動波」走捷徑，務求用最快速度卸下乘客直衝終點，省下的時間用來吹水、放水、踩多幾轉更為實際。

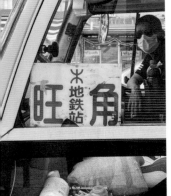

乘車當然是要前往目的地，神奇的是，有些 van 仔水牌標示的地點，根本不存在，但截車上車的乘客卻多不勝數。例如「旺角先施」van、銅鑼灣「大丸」van，幾十年來堅持沿用舊地標作為路線名稱，應該是怕更新名字市民反而會不習慣。「港鐵站」這個例子最明顯，儘管已經易名十多年，無論乘客或司機還是改不了口叫「地鐵站」，索性連水牌也照舊好了。有時我會好奇，這些上一代的地方名稱，到底有幾多小孩青年知道真正的位置在哪裏呢？

坐上通往不復存在的地方的小巴，聽起來挺詭異，其實可以非常夢幻。每次乘紅 van 從旺角往九龍城，當聽到有人叫「法國有落」時，總會產生片刻的遐想：身穿夢特嬌䙓衫的司機瞬間變成制服筆挺的機師，帥氣地推動名貴水晶波棍打開艙門，轉身微微一笑，露出閃爍白齒回應：「到法國喇！」幾元的車程，居然擁有如此法式浪漫，頭腦一時之間被幻想沖昏，想下車去一趟法國……大吉利是，那可是醫院來的！

鑑於部分小巴是司機的私人車，所以在制定規矩及車廂佈置方面都比較個人化，不需像集團式經營般事事刻板。有些司機會自訂很多潛規則貼滿整個車廂，譬如「請勿在司機後面大聲講電話」、「請勿踏腳在此」，先小人後君子，希望乘客遵守。開搵食車的，當然最忌諱交通意外。除了用直看橫看皆可的大字報，再三提醒乘客「落車時 望左右」，還在車門張貼「上落平安」的揮春，也提示神明不時來保佑。私家 van 仔作為司機的辦公室，車頭那「辦公桌」自然會多花心思裝飾。這位司機把心愛的擺設和玩具放滿車頭位置，連九十年代迷倒不少男生的鹹蛋超人和杜拉格斯硬膠公仔也來坐鎮，駕車時應該特別醒神。

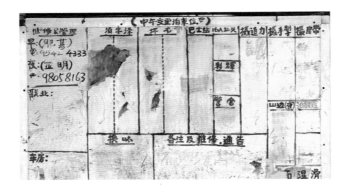

因為 van 仔──尤其紅 van──都有一套自家運作模式，我有時會偷聽司機的對話，企圖了解一下。不過這行術語很多，聽完也不明所以，於是我改變策略，從小巴站的書面內容收集情報。我發現他們的行動極為神秘，會避開科技，用最原始的手寫方法溝通。例如那破舊的「中午交更泊車位置」板，只列出各個標題，內容欠奉，或者是用油漆刻意覆蓋。「工作流程」木牌更掛滿耐人尋味的七彩籌碼，上面的數字和英文字母全是業界限定的暗號。我比較能看得懂的，除了黑板上那句「恭喜發財 利是運來」之外，就是列表中用粉筆順序填寫的數目字，相信是小巴車牌號碼的出車時

間表。

我還發覺，小巴界工友對建築方面也頗有心得。由於很多小巴站頭都設在行人路邊，不像巴士可另闢地方建設總站及站長室，於是他們因地制宜，利用帆布、太陽傘和棄置物料等搭建小空間，作為站長辦公及放雜物的地方。不要小看這些土炮建築，飽歷多次颱風暴雨依然強韌不摧，可見其結構之堅固。有些站亭更擁抱綠色建築概念，在旁邊種植盆栽，為枯燥的工作加添生氣。

不單空間設計，升級改造都是他們的絕學。如果你有細心留意路邊的站牌，就會看到底座的設計變化無窮：有的廢物利用，以車輪的輪殼製造出來；有的用水桶灌石屎而成，加強與石屎馬路的和諧感；有的還加工刻上公司名稱以作記認，不過可能這個想法有些臨時改動，所以「葵盛專線小巴公司」的次序有點凌亂。另外也有的獲得渠王的垂青，親手提字掃上通渠墨寶，令平凡的站牌轉眼提升至藝術的檔次。

近年白底紅字的小巴膠牌成為香港地道文化的其中一個圖騰，我欣然見到大眾對街頭文字的欣賞，不過我會想再推進一步，將小巴相關的其他字體介紹給更多人認識。不論是手繪站牌、書信般的手寫通告、車門旁的鑿機字路線簡介、車頭的捲簾布牌，抑或舊式剝字方向牌，它們展現的港式創意和靈活，足以令我用更更更大的聲線叫「轉咗彎燈位有落」，來表達我對小巴各大佬的敬意（和確保我可以順利下車）。

CHAPTER 3.2
醉瓊遊

貴為飲食天堂的香港，知名的中菜老店繁多，諸如泉章居、樂口福、天香樓等，儘管未曾嚐過，單憑老一輩說起時口沫橫飛，便知道這些菜館在昔日相當有地位。我一向對食物沒有太大要求，加上平日大多獨個兒吃飯，所以通常都是去茶餐廳吃平價光速餐。這些上流食肆，我一般只敢在門外窺看兩眼，至於光顧，大概要留待跟長輩聚餐才有機會。

有天中午，我突然很想吃「澳牛」，於是毫不猶豫向佐敦奔去。途經甚少路過的西貢街時，我的視線被那紅色外牆吸引。牆身的油漆雖然有些剝落，但是祥雲般的中式圖案依然清晰可見，襯托出中央的店名「醉瓊樓飯店」。店名的書法字沿用由右至左的舊式書寫次序，字體偏幼而邊緣圓滑，給人一份和藹可親的感覺。翻查資料，原來醉瓊樓全盛時期，全港各區總共有四十多間分店，當時只要向他們買下經營權，就可以其之名開餐廳。可惜在汰弱留強的香港飲食界，今天還能站得住腳的，就只剩下四間。

醉瓊樓門外的鐵閘貼着一張海報般大的餐牌，螢光色的底紙固然奪目，但也不及那手秀麗的毛筆字能引起我的興趣，就算未至於鐵劃銀鈎，在今時今日已屬水準之作。我以為鼎鼎大名的醉瓊樓，價錢必定相當高昂，誰不知吃個午餐只是四、五十多塊，即使只是碟頭飯之流，已經比附近的茶餐廳便宜。我眼光銳利地瞄到菜單一角暗藏着一個很高檔的「粟米玉粒飯」，是「玉」粒不是「肉」粒。好奇心驅使下，我決定進去試試此玉有多厲害。

推開玻璃門，一股懷舊風撲面而來。綠白紙皮石地板、鋪白枱布的圓桌、中式木餐椅，一一把時光定格在半世紀前。那瑟縮在收銀處一隅的萬年曆更是罕見，需要每天用人手將月份、日期及星期的數字逐塊膠片換上，相信香港舊物收藏家見到定必雙眼發光。

毗鄰那道牆掛着巨大的紅色賓客水牌，霸氣十足。以前在每一間酒樓的門口，總會見到這塊大紅牌，可謂酒樓的標誌。水牌上寫上每一間廂房的名字：二樓有「鷹揚」、「彩鳳」、「景象」、「雲鶴」等靈獸主題房，而三樓則

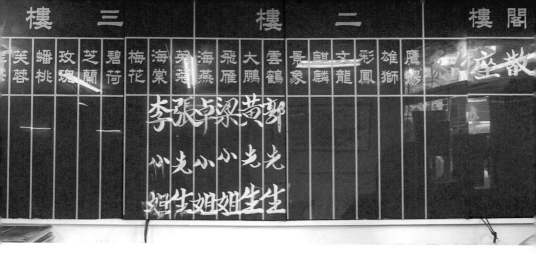

有「英菊」、「碧荷」、「芙蓉」、「桂馨」等繁花貴賓廳，一層瑞氣吉祥，一層絢麗優雅。當晚被預訂的廂房，部長會用白色的顏料在紅牌的房名下書寫賓客的稱謂，讓他們到場時有賓至如歸的感覺。需知道要在垂直的平面上寫字是一件不容易的事，不過久經訓練的部長似乎手到拿來，每個「X先生」、「Y小姐」也寫得瀟灑自若，排得整齊有序。

除了水牌，四周的指示牌、套餐餐牌、廣告單張，甚至招聘啟事，應該都是出自這位部長的手筆。整間醉瓊樓猶如他的個人書法展廳，食客可以在這裏一邊享受美味佳餚，一邊欣賞墨寶。

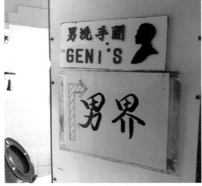

跟着「中午飯市請上樓」指示牌拾級而上，經過「男界」標示的門口時，我被它上面的舊式「男洗手間」膠牌，勾起了舊戲院廁所那充滿尿騷味的難聞回憶，幸好眼前這個洗手間比當年的整潔得多。洗手間旁放着一張藍色告示，內容是「勿將痰涎吐在地上違者可能被罰式仟元」。從告示選用的字體以及「痰涎」和「式仟元」這種昨昔時代的用字，再加上由解散多年的「市政事務署」發出，不難得悉這塊牌的歷史何其悠久。

環視四周，原來二樓是一個樓高半層的閣樓。壓縮的空間陳設着一排排卡位，中午飯市剛開始已經坐滿人。我挑了一個角落位置坐下，怎料被好心的侍應阿姐熱情呼喚。由她急促的說話節奏和帶鄉音的廣東話，我隱約理解她是說那角落吹不到冷氣，換個位置比較舒服。喜歡一個人安靜地吃飯的我，唯有以尷尬而不失

禮貌的微笑婉拒了她的好意，並順便點餐，點那個我十分期待的「show me your love」飯。大廚，請盡情顯露你對我的愛！

遵循到舊式飯店的慣例，我用茶水清洗餐具，期間心裏不斷幻想「玉粒飯」究竟是甚麼。是肉的調味用上古法醃製，還是米飯經過特別處理，粒粒晶瑩得如美玉？嘭的一聲，阿姐將飯放在枱上，把我召回現實。看着面前的粟米肉粒飯，大腦出現無限個問號，「玉」在哪裏？「玉」在哪裏？是冒煙的蒸氣嗎？看來我又被自己的好奇心戲弄了。我悻悻地把飯一口一口吞進肚裏，同時盤算怎樣用《商品說明條例》作出投訴。

突然，《食神》般的情節出現，我的嘴裏傳來一股清新的氣息：這個味道很熟悉，到底是甚麼東西？是青豆！沒錯，是那被世人所憎恨的三色豆軍團之一的青豆！估不到平常令人厭惡的草青

味，完美地調和了豬肉的肥膩，而綠色的豆在玻璃芡的包裹下，進化成碧翠閃亮的玉粒，為黃色的蛋花和粟米作點綴。

「一切謎題都解開了！」心裏暗自說出這句日本漫畫《金田一》的經典對白，腦海再補上畫面。我高聲向侍應示意埋單，可能聲音異常地興奮，伙記用奇怪的目光瞧了我一眼，然後在賬單寫上金額，叫我到樓下結賬。我隨梯級滿足地跳躍而下，望着面前「多謝惠顧 請再光臨」的告示牌，感覺像是日本的殷勤服務員彎腰鞠躬目送我離開，直至消失於視線之外。短短四十五分鐘的懷舊經歷，令我感受到文字和味覺的雙重衝擊，而收費只不過四十五元，還免加一及茶芥。

醉瓊樓，I'll be back!

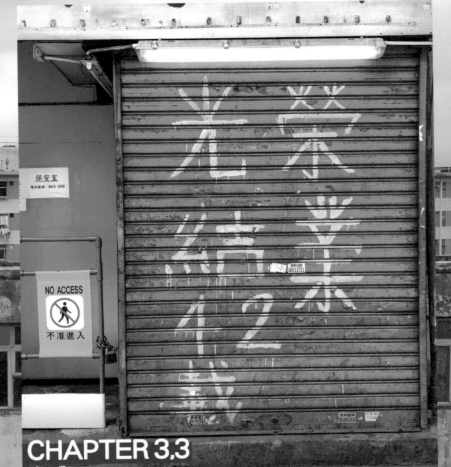

CHAPTER 3.3
練習
說再見

這幾年看着身邊熟悉的人逐一離開，熟悉的事物逐一告終消失，心中總會有些無力感。中文的「再見」使人百感交集，是相信某天真的會重逢，抑或只是一句客套說話？如果有一天自己要離開，也不知如何道別才是恰當，唯有從身邊的每個離別，練習說再見。

光榮地 說再見

能夠稱得上「光榮結業」，大概是已經扎根多年的老店，生意營運一向不俗，只是有些無奈的原因，才忍痛作出這個決定。這種老店與社區的關係密不可分，它陪伴着很多街坊成長，經歷人生的高低跌宕。老闆心中萬般不捨，自然不希望自己畢生的心血無聲無色地結束，倒不如欣然地留守到最後一秒鐘，與所有顧客分享最後的榮耀，留給大家一個美好的回憶。

刻意忘記 說再見

在學校林立的九龍城區，以前經常見到人頭湧湧的校服店；時而世易，在獅子石道碩果僅存的昌記校服，也走到畢業這一步。店內佈滿不同角落的東西，例如各校的校裙恤衫、刺繡校章的樣辦、手寫的恤衫運動服尺碼筆記等，都似在訴說往日度身訂製校服的故事。本來的溫馨美滿，卻被「任揀」、「任拿不收錢」、「校褸免費」等一張又一張的促銷廣告粉碎。老闆多年的努力，最後只能淪為賤價品，很多賣不出送不去的甚至被丟在路邊。大概因為不想面對散席離場的傷感，老闆連家庭照也沒拿走便離開，這種眼不見心不煩的說再見方式，連我這個路過的外人見到都不勝唏噓。

感恩地 說再見

經營小店從來不易，有賴各位街坊鄰里的支持，互助互勉，才能默默地打出一片天。無論是九龍城街角的士多、觀塘路邊的鞋履攤檔，還是駐長洲的西醫診所，來到關門之時，也不忘答謝街坊一路上的厚愛。一張簡單的通告，感激之情溢於言表。

落泊地 說再見

一場瘟疫，令整個香港乃至整個世界，都經歷翻天覆地的改變，隨便在街上也是「血本無歸」、「要錢唔要貨」等心死的標語。連老字號的蓮香樓都不能光榮結業，貼出告示承認自己「經營不善」，悄悄地敗走（蓮香樓已在兩年後重開）。回想起那段時期，每天被困在家，就算和最親的人說再見也只能隔着手機屏幕，這種別離的方法，希望以後都不會再見。

頑強地 說再見

別以為食店有甚麼外國車胎人加持評星，從此可以水漲船高，皆因貪婪的商舖業主會隨即獅子開大口，向店主加租幾倍，所以就算臭豆腐炸大腸檔每日有過百人排隊，都會有頂不住瘋狂租金而被迫撤退的一天。通知以行書寫上因「續約問題結束營業」，筆觸粗實而豪邁有勁，大抵是要向業主證明，他就算被趕盡殺絕，都要以氣吞天下的姿勢離開，不甘心敗於這種殺雞取卵的地產霸權之下。

故作瀟灑地 說再見

一個商業掛帥的城市競爭激烈，店舖如閃星般無預兆地匆匆消逝，情況跟「執笠」流傳之意相似：「立」刻「執」拾貨品和私人物件離開，簡稱「立執」，後來演化為「執笠」。執笠走人不一定狼狽，看看這張告示，筆者把它化成一首詩，採用疊句加強韻味，內容更充滿意境，要遠遠撤離去火星，離開危險的地球。本來感覺瀟脫，誰不知後加的「冇眼睇」表達出店家的真正想法，心中原來鬱鬱不歡，盡是無奈。

悲天憫人地 說再見

店舖結業變成常態，悲情的告示充斥滿
街，尤其以這間藥行的寫得最為誇張。店
面貼滿愁腸寸斷的大字報，又「慘無人
道」又「悲壯」又「血的教訓」，但店家
還是覺得不夠效果，就連地板的空間也
要用落難宣言填密，「哭不出聲」、「以血
洗臉」等句句不同，只欠一句「慘到貼
地」來帶出「在地」行銷的威力。最具創
意的，肯定是這張「人卜1、竹弓空白鍵
五」，即使不諳速成輸入法，大概都可以
猜想到是「仆街」兩字。這般浮誇花巧地
說再見，似是在賣慘多於賣貨。

有尊嚴地 說再見

告別前,你會想用最後的時光,留下一個美好印象嗎?落戶於太安樓的毛巾小檔,堅守其美學作為華麗的離場轉身。店主用棄置的發泡膠蓋,精心製作佈局對稱、輕重分明的告示板。那些巧手琢雕出來的字體,甚有日本特賣場味道,若然老闆不賣毛巾,也可以應徵 Donki Donki 幫忙寫廣告字。

結業在即,店舖通常會貼上「最後 X 日」的倒數告示,希望盡最後努力散貨。真的告急還好,只怕有些商店如尖沙咀那間影碟店,天天都說是「最後今日」,這種狼來了的告急方式,令受騙的市民何時願意再次相信這個謊言?最後今日吧。

無憾地 說再見

萬物有時,好好地練習道別,才能好好地離別,在未來以另一種形式,好好地再見。

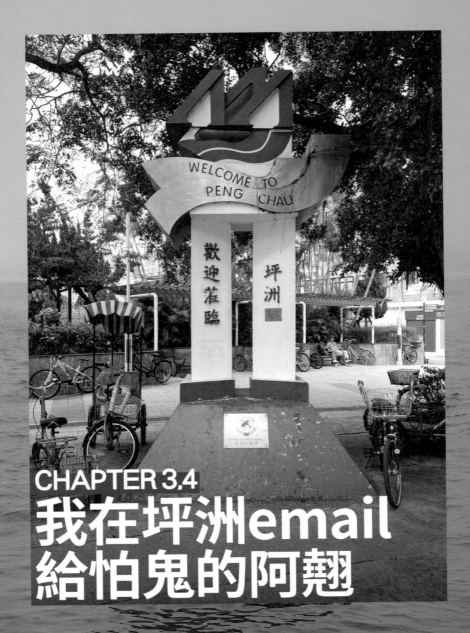

CHAPTER 3.4
我在坪洲email
給怕鬼的阿翹

標題：想搬入坪洲居住？

內容：Hihi，上次在舊同事飯局得知你想舉家搬入坪洲，住在這裏已有好幾年的我，應該可以給你一些建議。這個往來中環僅三十分鐘船程的離島，遠離繁囂，非常適合你寧靜的性格。不過……我記得你好像挺怕鬼，上次請你幫忙撰寫關於香港鬼怪的故事，你說你一邊寫一邊毛管戙，還說不敢再接這類靈異工作。還有一次一起到戲院看驚悚片，身高一米八三的你害怕得瑟縮在座位一角，和你那身材的反差的確有點 funny。

坪洲是四面環海的小島，濕度偏高，如果遇上大霧天氣，那種霧鎖孤島的場景，可能會激起你疑心生暗鬼的被動技能，幻想自己被困在恐怖電影裏，每走過一個街角都有喪屍撲出來，天天提心吊膽。不過這個情況大多只會在春天發生，其他季節的天氣比較剛陽，驚甚麼 spring 呢。

說起電影，這裏的確有一個著名的猛鬼勝地──坪洲戲院。十幾年前，這兒有人吊頸自殺，傳聞在發現死者前幾天，部分島民收到午夜凶鈴，內容大概是「請問這裏是否坪洲戲院？請問坪洲戲院電話幾多號？請問坪洲戲院地址是……」假若你收到類似的恐佈電話，就當作是那些垃圾推銷電話，直接 cut 線好了。

儘管戲院已荒廢幾十年，長年封鎖，仍然有不少探廢愛好者特意到來，從外牆那掉漆的「坪洲戲院」舊式手繪字一睹它的風采。我也覺得戲院的手寫字頗有味道，尤其那「托門開門」和其英文翻譯，我每次經過都會欣賞幾眼。之前戲院借出來舉辦活動時，售票大堂作出有限度開放，我才有幸進去參觀一下。不是想嚇你，當時我在昏暗寂靜的大堂，望着「一律 15 元」的電影票價牌，感覺自己似要被一起冰封於那個時空內，實在有點不寒而慄。

每當看到碼頭前架起一塊七尺高的手寫訃聞，就知道島上有居民仙遊。跟很多鄉村離島一樣，喪禮會遵照舊俗，搭建臨時喪棚舉行。從喪棚上方的四隻大字可以知道先人的性別，譬如「德範長存」是給男先人的，「懿德永存」是給女先人的。而先人的遺體會跟隨平日我們出入中環的渡輪回坪洲，作設靈和大殮封棺儀式。可能你會對於與先人一起乘船有很大反應，不過島民都習以為常，他日你成為坪洲人大抵也不會再在意。我反而怕先人回島時遇着假期，他便要忍受滿船遊客的喧嘩吵鬧，這段時間就比較難 rest in peace 了。

講了很多坪洲令人不安的一面，但是你可以放

心，因為這個只是比海洋公園大一點的小島，廟宇竟然有十多間，包括鎮島地標的天后宮、金碧輝煌的龍母廟（悅龍聖苑）、善信眾多的金花廟，以及走夢幻系色調的仙姊廟等等。除了供奉女神的宮觀，也有叩拜男神的廟宇例如伯公廟，雖然該廟裝潢簡陋，甚至牌匾看似隨意用箱頭筆書寫，但應該無阻伯公收復孤魂野鬼的能力吧。未來若有甚麼使你驚慌害怕的事，要求助也梗有一間喺左近。

受得神明保護，少少的保護費在所難免。每年節慶，天后廟都會在當眼處貼上鮮紅色底紙的「金榜題名」列表。師傅大筆疾書，流麗地寫上標題及對聯「龍吟姓氏呈金闕，虎嘯芳名達玉京」，寓意上榜的善信，個個吐氣揚眉，聲名響徹雲霄，難怪不少島民和商舖都願意添一點香油錢，以換取榜上留名。作為這裏的一分子，我也以自己 IG 專頁「都市字治學」的名義課金，希望名列榜中，眾神會保佑我事事如意。

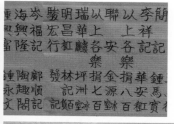

農曆七月是坪洲最熱鬧的月份，這兒會大肆慶祝盂蘭節，即是鬼節。整個七月會舉辦一連串的活動，每天都有不同單位表演中式音樂和拜祭儀式，感覺就好像參與每年的大型音樂節一樣。節慶期間，除了不少門戶會掛起寫着「盂蘭勝會」的花燈籠，大街上也會整齊排列着鮮豔的彩旗和各個島上團體的祝賀橫額，令整個島極之有氣氛。你看連祭幽祈福的包子也有如此 rock 'n' roll 的 style，就知道這個 Peng Chau Summer Sonic 有多喜氣洋洋，相信你搬來之後會對盂蘭節完全改觀。

作為文字愛好者，我最愛的鬼節活動是恭迎聖駕。當晚廟祝會從陰間恭請鬼王到來負責盂蘭勝會的監場，好讓慶祝過程順順利利。對我來說，這個活動的焦點是欣賞以白米砌出「恭迎聖駕」四隻大字，師傅們會先將米倒在桌子上，然後一人一片紙皮當作鏟子，小心翼翼地把米粒堆砌成字。而最厲害的是，在沒有起稿的情況下，每個字也筆劃流暢而工整美麗，還刻意注入立體感，實在使我嘖嘖稱奇。

晚上儀式音樂一響，一隊穿着道袍的道士手握不同旗幟，在空地跟着音樂團團轉，配合中式喃嘸說唱，一個一個跳到枱上，踢散剛才的米粒字，並燒掉鬼王騎乘的紙紮白仙鶴，象徵鬼王駕臨。隨後島民蜂擁而至，將散落在桌上的米拿回家，聲稱可保家宅平安。我也為你拿了一些，下次提醒我帶給你回去鎮宅。

平常你見到街邊的紙紮祭品都會害怕得繞路走，若然你發現坪洲鬼節有一個樓高兩、三層的紙紮鬼王——大士王，定必整個七月不敢踏足小島一步。其實未搬進來之前，我和你一樣都會對這些東西有避忌，但只要存有尊重和欣賞之心，走近這些鬼王、牛鬼蛇神和佛船，細看它們的設計造型、身上文字、手握法器及紙紮手工細節，便能發掘出它們的傳統文化和藝術價值，亦有助你克服對它們的恐懼。

誠意推介你一同參與 Peng Chau Summer Sonic 最 hardcore 的壓軸高潮——七月十五晚上的燒鬼王。當晚在鬼王的腳下，主辦單位以鼎盛的香火劃出一個籃球場般大的空間，裏面放滿一碟碟不同的祭品，有水果，有餅乾，有煙有酒有花生，每碟祭品上面都插着一支旗，寫着「X 宅敬贈」的饋贈內容。燒鬼王之前是最受大眾歡迎、俗稱「擁嘢」的搶孤，簡單來說就是大家一「擁」而上掃免費「嘢」。那晚島上每家每戶都會總動員出席，大家不計老嫩無分國籍，拿着竹籮購物袋圍着祭品，等待主持的道士把經文唸好，然後時辰一到銅鑼一敲，所有人用最敏捷的身手跳入香火陣搶奪心儀的祭品，連平常行動緩慢的長者，那一刻都會返老還童，左手執起一包花生，右手拈來一盒檸檬茶，在人群中穿插，令我親眼見證「阿婆走得快，肯定有古怪」此話的真確性，也使這個鬼節更有嘉年華的感覺。

該晚你還會看到兩三個恍如長洲太平清醮的小包山塔，包子上面印有「坪洲」兩字，極有本島特色。不過千萬不要去搶，這兒可沒有搶包山的習俗啊。「擁」完祭品，島上男丁會把紙紮的大士王托到海邊燒掉，據聞因為海是最接近天的地方，這樣便可以將大士王送回天上。鬼王走後，整個盂蘭勝會也接近尾聲，大家亦拿着祭品滿載而歸地回家。

怕鬼的你，將來搬入坪洲，相信會慢慢開始欣賞這些傳統節目，而憑你那高挑的身材，說不定有日會被選中，擔起搬大士王的重要角色呢！心動不如行動，附件有地產經紀的名片，等你來做我的鄰居，在這裏體會鬼是如何從人心湧出來。

Dave 上

CHAPTER 3.5
自己一個去食飯
小毒 但OK

記得以前黃子華在伊利沙伯體育館舉行棟篤笑，一開始就以伊館的奇怪一人座位來開玩笑，高度讚揚席上那位觀眾，不怕孤單買下這個單人座位來支持他。今天當孤獨成為潮流，大家習慣將自己收藏起來，不想與人溝通，令作為毒男老祖宗的我，在享用「孤獨位」時遇到更多競爭。譬如自己一人坐巴士時，我愛坐上那個為了遷就車輪位置而設計的單人座位，享受不被騷擾的一人之境。可惜對那個座位虎視眈眈的人太多，要成功登上寶座，機會很多時都不屬於我。

日常生活除了交通，解決三餐也相當重要。根據「國際孤獨等級」排行榜，一個人吃飯只屬於極入門的第二級，經常獨個兒用餐的我，對於這方面的經驗相當豐富。正如巴士的孤獨位，本地的餐廳為了抗衡高昂的租金，也會開設一些岩巉的座位，好像茶餐廳的一人卡位，或是甚有名氣的「澳牛」面壁位，讓單人顧客吃「孤獨飯」。一個人吃飯的好處，就是能享受這種「獨家」服務，如果去的是人氣的排隊餐廳，甚至可以越過羨慕的目光，捷足先登，然後坐上餐廳特設的「VIP單人座」，靜靜地飽頓一餐。

世紀疫情期間，為了減低交叉傳染的機會，官方制定了「飯聚令」，限制每枱的人數。當時面對朝令夕改的防疫政策，機智的香港店主找到方法應對，就是在餐枱上放置隔板，把枱面分隔成幾份，哪怕你限制一人、二人抑或四人飯聚，我就用板隔開隔開再隔開，真的不得不佩服老闆在非常時期用非常手段的靈活。今天回想起那段時間，我竟然有一點想念那種被隔離的安全感。

說起限制，我覺得茶餐廳是全世界最不受拘束的地方，它突破了凡人對文字和時間的理解：特餐不特、快餐超快、午餐全日供應。所以外國那些 all day breakfast、brunch 沒甚麼大不了，我們早就有 all day 特餐了。

茶餐廳另一特色是菜式的多樣性。餐牌上五、六十款食物，居然是由一個廚師在一個窄小的廚房烹煮出來，甚至還可依照你的個人口味少辣走青，真是香港獨有。亦由於款式太多，為了方便食客點餐及廚房運作，不少店家每日都會挑選幾個受歡迎的餸菜，作為是日午餐或晚餐。可是這間餐廳的黑板有 A 餐到 P 餐足足十六款，看來老闆怕痕又怕痛，想減少選項但又怕顧客沒有選擇。

不過一山還有一山高，北角的祥發招牌推介的「不可不試瑞士餐」，比起剛才 A 至 P 的餐單，更加是選擇困難症患者的剋星。先不理那堆不同英文字母組成的數學公式，亦搞不懂為何有 ABC 而沒有 D，Q 之後又回到 M。未選食物，先給你十二款特飲作第一回選擇，再來主打的 A 餐雞髀雞翼四款任挑一款，然後 B 餐的二十二種小食、C 餐九款餸菜、還有 EFHM 餐至少共三十三款飯麵和 Q 餐的甜品……飯未到肚，腦汁先被榨乾，本人見到也想投降。但每次能在茫茫字海裏，成功挑選到自己心儀的菜式，除了滿足果腹的生理需要，心理上也為自己能克服走火入魔的餐牌而感到欣慰。

如果豆腐火腩飯是男人的浪漫，那麼蒸魚飯一定是他們的養生療法。麻甩

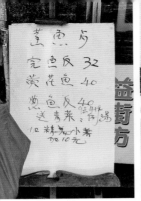

佬吃得太多肥膩的食物，有時也會想吃得清淡一點，蒸魚就是不二之選。每當看見餐廳貼出「蒸魚餐」餐牌，尤其是有果皮蒸泥鯭的話，我這個準麻甩佬都會毫不猶豫地挑選，希望簡單的清蒸魚配兩條青菜，可以讓平日消化工作繁重的腸胃休息一下。身邊認識太多人因為怕骨而不愛吃魚，可幸我從小飽經外婆訓練，晚晚吃蒸魚，盲鱧烏頭撻沙龍躉石斑都是家中常客，久而久之讓我習得一口吮骨好武功。只不過吮魚骨這個動作真的毫不優雅，因此我喜歡單獨吃飯時才點蒸魚，這樣就可以放心大吮特吮。

除了蒸魚，車仔麵也是我每隔一陣子就會想吃的 comfort food，愛的不單是它的味道，還有它的彈性。剔選幾多款車仔麵餸菜往往很自由，可以按自己當時的狀態去調整份量，胃口不太好就叫一麵二餸，想放肆一下就以一麵五餸起標，當作是嬌縱自己的小獎勵。而我給自己的極限是六餸，怕再加的話餸會放得太滿，麵條壓在下面難以夾到，吃得不痛快。但是不排除有一天，有甚麼人生大事值得慶祝，我會忘掉理智，來個一麵十餸的滿餸全席。

土瓜灣的寶時茶餐廳，菜單和空間設計都有其獨特之處。餐廳門面採用落地玻璃，一邊陳列

着麵包蛋撻，另一邊貼滿由早餐到下午茶的各個手寫餐牌。而中間的玻璃門則比較簡約，僅寫着「閣樓雅座」。每次看到這四個字，我都有個疑問：明明座位全部一樣，究竟雅座的分別在哪裏？作為上世紀產物的閣樓，今天越來越少見，所以可以選擇的話，我總想花多少許腳骨力，走上去感受一下雅座的矜貴。坐好後，我閱讀牆上的餐牌，發覺它的一字一詞，都是男人浪漫的極致。火腩班腩牛腩等六款主菜都是惹味飽肚的肉類，再加六個配菜選項，想吃清淡點有豆腐時菜，重口味又有豉椒涼瓜；六六三十六，一整個月每天都可以有不同的組合，而且任何一個組合都是零違和感，可真是「佬飯」的奧妙。

舊式雙層餐廳其中一個我最愛的部分，就是那部傳菜專用的電梯。小時候覺得這個小鐵箱極之神奇，侍應將空碟放進去，把門一關，待會電梯發出刺耳的呸一聲，就會有食物像魔術表演般變出來。直到今天，我看着這部不斷吐食物出來的電梯，依然感到非常治癒。

自己一個人去吃飯，可以更用心留意食客伙記的食色百態，有些專心睇馬，有些逗貓咪玩，有些慢慢吹涼面前的茶走，望着他們如何享受自己的 me time，這頓飯，真的有點毒，不過我真的十分 OK！

不得攜帶犬隻入內
No dogs allowed

公眾地方 嚴禁躺臥
Public place - no sleeping

不准採摘花朵
Do not pick the flowers

不得晾晒衣物
No hanging of laundry is allowed

嚴禁標貼
Post no bills

不准賭博
No gambling

公眾地方嚴禁吸煙，
指定地點除外
No smoking in public area except
designated spots

嚴禁小販擺賣
違者可被罰款
Hawkers will be fined

嚴禁亂拋垃圾
No Littering

嚴禁踏單車
No cycling

不准隨地吐痰
No Spitting

嚴禁玩球
No ball games

CHAPTER 3.6
香港地少人多

香港地少人多

在香港受教育的人，必定在教科書見過「香港地少人多」這句話，它簡單地說明了香港長久以來的一個社會問題。人與人之間缺乏空間，磨擦自然就會發生。很多時候掌權者會訂立各種規矩要市民遵守，從而保持社會安定。望着公園入口，已經有一堆「不得」、「不准」和「嚴禁」來歡迎大家，態度之親切，難怪會感染到不少香港市民保持禮貌周周。

走過舊式的私人住宅或公司，門外總會貼上告示牌，警告閒雜人等不准內進。經過多次觀察，我發現原來同一個訊息也有不同的描述方法。普通程度的告誡可以用「閒人免進」和「禁止擅闖」；想語氣嚴苛一點，就用「嚴拿白撞」。小時候的我不明瞭「嚴拿白撞」的意思，究竟為何白色不何撞？難道黑黃紅綠色就可以撞嗎？今天我終於明白時，這個詞語卻已漸漸變成老一輩才用的詞彙。

親戚家的停車場，多年來一直掛着「私家重地 內有惡犬 閒人免進」的警告牌。以前這裏確實有一頭叫小花 (Silver) 的大狗在管理處當值，每次我們進來，一身銀白色毛的牠都是坐在看更叔叔旁邊輕鬆地搖擺尾巴，怎樣看也跟兇惡扯不上關係。豈料有一次看更被小偷襲擊，小花顯露出勇猛的一面，協助擒拿賊人，也拯救了看更，那時我才赫然發現牠絕對配得起「內有惡犬」四個字。雖然今天牠已經去了天國三十年，這塊原封不動的告示牌繼續傳承牠的精神，默默守護這幢大廈。

香港地小人多

經常聽到「先小人，後君子」這句比喻雙方商議事情時，先將條件和利益得失坦白說清楚，約法三章後，再講情誼。這種自己先做小人來防小人的做法，特別適用於龍蛇混雜的城市，以對付千奇百怪的眾生，因此也不經意塑造出香港人情淡薄的觀感。

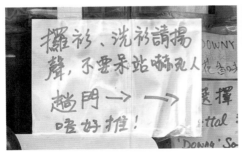

看看遊客區的商店和車站的告示牌，可以找到一些例子。在小巴站問路「不知道」，在旺角繁忙街角的配匙店問路又「不知道」，而天星小輪旁

的坪洲碼頭也用紙牌說明一切，潛台詞就是：不要問。大家真的那麼冷漠嗎？其實大部分人都是你待我好，我待你好，如果問得有禮貌和合乎常理，我相信香港人大多會主動幫忙。這些店長和站長應該是每日受到的查詢騷擾數量太驚人，才會出此下策先當小人。

慣性的小人行為出於慣性的自私心理，常見的情況如長者買水果，有些品格低劣的會像驗屍官一樣，整箱橙逐個又按又擠，再加以挑剔和批評。生果店老闆為了減少損失和避免爭拗，情願指明「不可揀」，但設定一個相對便宜的價錢作招徠。生果之中，榴槤應該是最引人犯罪的。望見那塊被保鮮紙緊緊包裹着的軟滑榴槤肉，我絕到有理由相信插上「熟榴蓮（槤）不要篤」警告牌的需要，因為連我也有按兩下的衝動。顯然店主也知道這個果王的誘惑，所以「不要篤」後還要把醜話說得更白：「篤左（咗）要買」。 不過在此提醒篤咗要買榴槤，或一向都會買榴槤的人士，拿着這個氣味濃郁的東西就不要乘搭小巴了，萬一你坐上標明「禁止攜帶榴槤上車」的小巴，就會不自覺成為別人眼中的小人。

 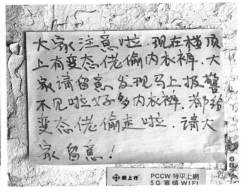

一世人流流長，總會遇到幾個小人，甚至壞人。香港不少唐樓沒有大廈管理，靠的都是居民自發互相幫助，有時細閱貼在出入口的長文告示，也會略知大廈出現了哪些問題。亂拋煙頭垃圾，影響衛生引來鼠患的告示算是常見，關於偷竊的本來也不是甚麼新鮮事，新奇在偷的不是現金珠寶，而是內衣褲。從通告的內容可以猜想到，受害者已經多次被變態佬偷內衣褲，令她 / 他忍不住要寫出來申訴一番及提醒鄰居；還有最重要的，就是要將變態佬的罪行公諸於世，希望他不敢再犯。

店舖盜竊也是屢見不鮮的罪行，即使閉路電視已 24/7 監察店面情況，偷竊似乎依然防不勝防，唯有把錄影片段截圖，圖文並茂地貼在櫥窗，將犯人的外貌和惡行公告天下。有時這些賊佬 CCTV 告示一貼就是幾年，就像通緝犯公告般，犯人一日未捉拿歸案，公告一日不除下來。每每看見這些告示，我便會面相大師上身，似是而非地分析賊人的長相特徵，驗證是否真的

有賊眉賊眼這一回事；而他們偷竊甚麼貨品，下手方法是否聰明等等我也十分留意，好讓我有更多線索，去完成腦海中構想的犯罪故事。

有些創意澎湃的老闆會視賊人公告為個人創作畫布，用心勾勒自創字體，為偷竊相片加上標題。雖然認真雕琢的字型與「呢對狗男女專偷海味」的粗俗潑辣意思反差很大，卻增加了作品的色彩。而另一位同好更興致勃勃地製作出一個偷竊連環圖，先立個「價值 25 圓之靈魂」標題，再描寫事件中的主角「見獵心喜」，繼而「一鳥在手」，然後「懷中抱月」，到最後「逃之夭夭」。這件作品，彷彿要把兒時在《成語動畫廊》學到的成語（部分是四字詞語）傾巢而出，學以致用，就算沒有嚇得賊人無影無蹤，小朋友看畢也獲益不淺，實在用心良苦。

香港地「小」人多

這個用作動詞的「小」，發音與粗口相似，是用來表達不滿或氣憤的情緒。當一個城市沒有自律，連面斥不雅這些平和的字眼也失去作用的時

候，唯有使用語言攻擊，以牙還牙，以眼還眼，就算對付不了欺善怕惡的小人，至少可把怨氣和怒氣發洩出來，讓心理平衡些。

「小」人的方法五花八門，在公共空間搜尋，隨時大有所獲。有些好心人拿椅子到街上供老人家使用，為免貪心小人偷走，絕妙地寫下「拿走死人」這句沒有科學根據的惡毒詛咒，用這種方法對付迷信的小偷，可能比用鎖鏈防盜更有效。中國人有句名言「禍不及家人」，就算再卑劣的人，大抵也不想連累家人。寫告示的人就是抓緊這個心理，祝違規者「冚家富貴」，盼望心有邪念的人讀過警告後念及家人，臨危勒馬。如果不想時常恭祝別人，不妨學習水松壁佈板上的告示，淡淡然拋出一句嘲諷：「世間有甘（咁）多野（嘢）你貪得幾多，幾粒釘你都貪」，以看破紅塵的大師格調給予勸告，對於某些自尊心重的人，攻擊威力可能更大。

在舊樓的暗角梯間，不時看到告誡人「請勿大小便」的字句。面對這種違反人類文明、連基本自理能力都沒有的行為，不期然會採用高規格的「小」人方式來對付。這張長文警告中，這頭已不能再被稱為人的「失禁者怪物」，被咒罵如有愛滋花柳就自宮，最後再祝福「牠」全家幸福，字字都能感受到筆者被滿地排泄物滋擾的憤怒。而另一張通告則採用影像

加標題來將此人「露械兼小便」的劣行曝光，不過下次麻煩截圖前先弄走影片的 play 按鈕，免得人心癢癢想按下去。

讀完我對「香港地少 / 小人多」這六個字的三種解讀方式之後，如果想一次過實地感受一番，我推薦這個地方——位於佐敦的澳洲牛奶公司。餐廳的空間有限，所有通道只有一個人身位的闊度，感覺極為擠迫，充分體現「地少人多」。澳牛出名奇快，由完成點菜至上菜僅需十餘秒，如食客跟不上潛規則，可能會被伙記視為「小人」，甚至被他們「小」。就這樣，你可以在光速之間，擁有在地文化三重體驗！這個活動不但能令遊客感受到真香港的 vibe，而且成本少收穫多，旅發局不妨考慮大力推廣。

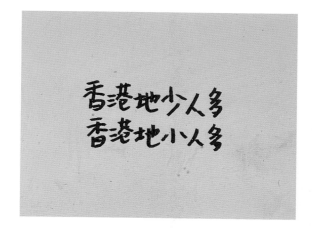

CHAPTER 3.7
大人字

你有多久沒有拿起筆寫字？你寫的字又能登大場面嗎？以前電腦未普及，不少文件、告示通知和宣傳海報等都需要親手書寫，能寫得一手優美的字，彷彿是上世代人的基本技能，今天卻變得無比珍貴。見字如見人，每個人的字跡，或多或少都顯露了他的個性，例如兒時班內寫字整齊的同學，感覺上都比較乖巧，也比較受老師歡迎。

我太太曾經向天許願，盼望將來的丈夫要寫得一手漂亮的字才肯下嫁。可惜世事往往事與願違，本人小時候的書法功課，分數都是在丙與丁之間徘徊。有天在家中尋回自己小學的筆記簿，裏面寫的字跟幾十年後的今天比較，分別不大，依舊是字體偏圓，將很多口字筆劃畫成圓圈。望着自己的「小朋友字」，似乎我在寫字上真的沒有進步過。

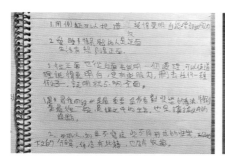 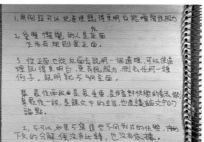

我小學的字（左）vs 今日的字（右）

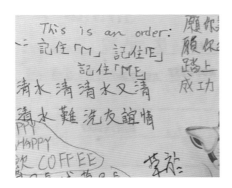

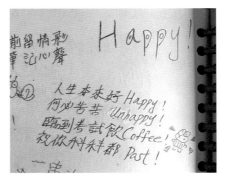

除了小學筆記簿，我亦找到一本小學畢業記念冊。打開封塵的記憶，讀出一個個同學的名字，腦內試圖想起他們的樣子，可惜印象十分模糊。每一張記念冊不是寫着「記住 M，記住 E，記住 ME」，就是「友誼永固」之類，今天回頭看，這些心願只怕都未有實現。交換寫記念冊這件事，其實好像祝賀例句抄寫大會，大家寫來寫去都是那幾句，想展示自己有文采的，就會抄「玫瑰必有刺，讀書必有苦」的老土詩；想令人感覺自己富幽默感的，則選用「人生本來好 happy，臨到考試飲 coffee」這類故作 funny 的押韻詩。而字跡又醜又沒有文采又不懂抄襲的我，不如努力畫個《龍珠》杜拉格斯以表誠意。

翻閱手上的記念冊，發覺有幾位同學寫的字，是我由細到大夢寐以求的「大人字」。上網搜查了一些關於筆跡分析的文章，才知道每個人的性格會直接反映在他們的字跡上。當時十來歲的他們已可寫出成年人的字，是否代表他們早熟？而我的筆跡一直都很孩子氣，是否因為我沒有長大過？

每次要在片場拍攝廣告，一拍就是一整天，中途必定有霞姨派飯盒的時間。一盒盒熱騰騰的飯依照款式排列在枱上，由於被水蒸氣團團籠罩，我唯有靠放在前面的紙牌來識別：盛得滿滿的關東煮、肥美的炸雞丼和清淡一點的鯖魚，這是我憑字跡對幾款飯盒的想像。藉着字體的形態，我相信首兩個紙牌是出自同一個人的手筆，大概是個肥胖的男生吧。怎料轉角看到筆者原來是個弱質纖纖的女助導，我才赫然發現字型不能反映身型。

有筆跡分析師曾經做過測試，證明單憑字跡是不能分辨到筆者是男還是女的。還有另一個有趣的測試顯示，一個人因為任何原因（譬如意外）而要轉用非慣性的手甚至用腳來寫字，當肌肉經過訓練能勉強穩定地控制筆桿書寫，便會發現他新寫出來的筆跡，在字型、斜度、字距等方面與過去寫的都很相似，這代表寫字不是由手出發，而是 brainwriting，與個人思想有非常密切的關係。

從專業筆跡分析的角度來看，字沒有美醜之分，亦沒有界定何謂大人字和小朋友字。不過要知道一個人的思想是比較成熟抑或天真爛漫，又或者行事獨立還是事事依賴別人，這些心理倒可以通過字跡解構出來。而我那呈圓狀的字型，根據資料分析，我為人溫和，處世柔韌，由於不愛正面衝突，所以會調整言行，傾向順從他人，為人也充滿童心。噢，原來我那手可愛字跡，是代表我和順的乖小孩性格。至於童心……莫非專家看穿了我至今也愛玩玩具？

雖然不愛自己的小朋友字，但這個特別技能曾經幫我接到一個模擬兒童字的 freelance 工作。那次我執起蠟筆，用雙倍努力，一筆一劃專注地寫，出來的效果果然不錯，還得到客戶賞識，當刻有點十年磨一劍的成就感。

每逢農曆新年見到街頭巷尾有人即席揮毫寫揮春，我都會駐足欣賞一下，幻想自己會否有一天可以替人家寫書法。一張怡

一張櫈一支筆，經驗豐富的老師傅不慍不火地寫出一個又一個剛勁秀麗的字，把它們變成真摯的祝福。過往覺得祝人身壯力健很沒心思，但疫情之後，相信大家都真心希望身體健康。至於另一個例牌「出入平安」，亦已進化成「香港人平安」，言簡而意深。

我心儀的字跡，要清秀飄逸、筆法如行雲流水，大抵就像這張舊式眼鏡店單據上的字。單靠上面的中文、英文和數字的連筆，便能感受到老闆開單時流暢的揮筆動作。那些內容介乎於看得明與認不到之間，就像醫生寫病歷一樣，只有老闆自己最清楚寫了甚麼，不知是否刻意用來保障客人私隱呢？可是我寫字多以實用為上，因此可讀性也甚為重要，畢竟要在商業社會上使用，看不懂就等同空話。

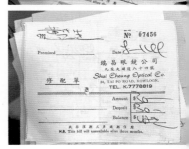

除了美感，我更喜歡透過筆跡讀出故事。普通如這張「大特價 $150」的價錢牌，小的那張是老闆寫的，大的那張相信是叫家中幼兒臨摹出來的。小朋友的字每一筆都出心出力，加上特意為價錢數目字填上不同顏色，充滿童真。不過他的顏色填得非常小心，沒有丁點兒填出界外；而且排版也挺對稱美觀，可見他也有高要求的一面。相對地，老闆的排版比孩子的遜色，

尾端的「價」字不夠位置，由此可以估計他不是個計劃周詳的人。可以想像，謹慎的孩子會因為父／母的計劃不完善而不高興呢。兩組內容相同的文字，兩張一起貼在店外，組成一個家庭小故事，讓字跡變得更有意思。

CHAPTER 4
無用之用

CHAPTER 4,1
街頭
廣告學

在廣告行業工作了十多年，80% 的委託都是一些「悶 brief」，即是商品既不特別，賣點又是那些阿媽係女人的普通貨色。記得曾經有一位創意總監跟我說了一句至理明言：「如果件貨本身咁有特色，仲使乜 Q 搵廣告公司幫手吖！」所以接到商品平凡的 brief 時，與其抱怨又要扮上帝施展神蹟，化腐朽為神奇，倒不如將心力花在構思能刺中痛點的 insight、易明易記的產品名稱、吸睛又能凸顯賣點的視覺美學、琅琅上口的標題和 call to action，甚或利用數據強化賣點，提供如幾多天有效果、幾多滿意用家之類的可靠證據，務求令消費者看罷蠢蠢欲動，馬上說：「Shut up and take my money！」

平常逛街，我除了會留意同業們嘔心瀝血的作品，有時搜獲小店創意澎湃的自製廣告，也會乘機偷師。在土瓜灣老區的家具雜貨店中，宏發行的自製宣傳海報尤其得我歡心，它們表面上平平無奇，當中三張在我眼中卻是上佳之作。

第一張是賣黑金剛生鐵鑊的手製海報。廣告上的黑色大鑊以剪紙方式呈現，配上比例略大的立體金色星芒。雖然圖像設計與標榜的「實而

不華」恰好相反，不過比起其他常見的產品實物照片，以學生手作風的圖像作為視覺焦點，更能讓消費者留下深刻印象。

另一張菜刀廣告，店主採用開門見山的方式，在大標題先提出「您買極菜刀唔夠利？」的到位insight，戳中目標客群的痛點，吸引他們繼續讀下去，了解本店菜刀的三大賣點：又平又靚又正。 最後再以「用過人人讚」這種類似「99% 人用過都讚好」的市場調查數據來加強可信性，並豎起手指公大力推介給街坊。

第三張廣告令我最欣賞的地方，是它的文案。老闆先創造一個簡易又威風的產品暱稱「五星級枕頭之皇」，將商品檔次提高，然後聰明地把終極優點「失眠者救星 真正買回健康」放在標題下的顯眼位置，引起目標客群共鳴，再慢慢點出枕頭的直接功能，讓有興趣的顧客了解更多。最後一句也是字體最大的一句「一試便知龍與鳳」，是整個廣告畫龍點睛的部分。要知道能夠減輕頸部不適及頸椎壓力，甚至能夠買回健康是相當主觀的感覺，店主竟敢如此誇口邀請顧客來體驗一試，就是要給顧客信心。只要能留下良好的第一主觀印象，便已步往成功的方向。

我甚為喜歡這幾張廣告使用的地膽語句，譬如「又平又好用」、「就要嚟搵我」和「一試便知龍與鳳」，每句都好像自帶音效一樣，腦袋會自動響起深水埗直銷售貨員叫賣的聲音。這些作品含有豐富的地道文化色彩，切實地反映出舊區居民的生活點滴，就算永久珍藏在 M+ 博物館也絕不失禮。

觀賞過精巧細膩的宣傳做法後，我們也來看看豪放灑脫的。在荔枝角工業區的燈飾店，可見鋪天蓋地的大字報。最當眼的是店面中央那三個三尺高的箱頭筆字「平靚正」，這個訊息亦是街頭廣告最常用的 call to action。店內店外都佈滿一張張促銷廣告，無論是個別產品優惠，還是行動呼籲訊息，每一張都用上粗幼分明的筆觸，再附上紅色的爆花字框或波浪底線，所有密集而強烈的元素加起來，就是要路過的人通通看過來。這種大膽粗獷的處理手法，讓本來無心購買電器的人，也因為想撿便宜貨而進店走個

圈，無形中增加店舖做生意的機會。我就喜愛把這些大字報當成文字拼圖遊戲，以橫豎斜不同方向發掘意想不到的趣味。

有些廣告出現在怪的地方，可能比出現在正常的更引人注意。好像這個藍白格子的補習廣告海報，我偶然會在一些舊區見到，對於早已畢業逃出補習陰霾的我，哪管海報精心鋪滿整個鐵閘或整道牆壁，我依然腳不停、頭不回繼續走我的路。不過這次它真的搶到我的眼球，因為它竟然被貼在一、二樓之間那高不可及的外牆。這兒是個等候過馬路時必定會望見的地方，所以對提升品牌認知度相信大有幫助，加上廣告投放之處是需要爬梯或使用長棍之類才能觸及，因此保存率很高，不像其他街招般一兩天就被撕掉。

我私心覺得，負責的團隊是經過深思熟慮才決定海報張貼的位置，看過這個貼在凸起的通風喉上面的廣告你就明白。他們刻意捨易取難，就是要把格子設計的平面海報砌成充滿立體感的盒子，將廣告的視覺效果發揮至極，同時也間接創造了一件街頭裝置藝術品。團隊的心思，簡直令我有衝動致電去試圖認識這班無名高手。

除了廣告投放的位置外，將東西放得異常巨大也是一個吸睛的常用方法。記得那兩隻在維港暢泳、巨可愛的吹氣黃鴨嗎？它們本來只是童年時洗澡的一個玩伴，被荷蘭概念藝術家 Florentijn Hofman 放大至十八米高之後，就輕易成為香港人爭相打卡的寵兒。而在工業大廈林立的新蒲崗，居然也可以找到同類的大型藝術創作。

美利時裝是一間經歷數個年代的老店，除了被時間洗刷的斑駁綠色門面和橙色招牌字，最有代表性的要數那個棉褲招牌。這條居家褲子擁有可供四米巨人穿着的長度，兩個褲管清楚地印上店舖中英文名字，讓途人從遠處都可望到。巨褲在唐樓的佈景下被晾曬在半空，完美融入舊香港的氛圍。縱然多年來飽經風吹雨打，褲子大致完好無缺，充分地展現該店出品的耐用程度，成為無懈可擊的生招牌，令我對店家的藝術觸覺和生意頭腦深感佩服。可惜自 2022 年颱風季節過後，這條巨褲突然消失，究竟它是敵不過猛烈的風勢，還是老闆見落雨收衫，實在不得而知。直到有天發現連店面的招牌也被拆掉，才發覺香港又少了一件街頭藝術品。

做廣告從來都沒有大道理，由招牌、報紙等實體廣告，到短片、Facebook 和 IG 限時動態等虛擬廣告，只要你找出有力的賣點來抓住客戶的心，並千方百計、堅持到底把這個偉大構思實行出來，那麼無論是大企業專業人士抑或街坊小店東主，任何人也可以是創意總監。

CHAPTER 4.2
搶人才

過去廣告公司請人非常簡單，上司只要打幾通電話向行內相識滿天下的舊同事透露，幾天之內，消息就會傳遍有意轉工的同行耳中；再隔幾天，上司的枱面便會放着一堆履歷表和作品集。所以廣告業招聘，諷刺地不會刊登廣告，而是靠人脈去搶人才。

今天不論是廣告業還是其他行業，招攬好員工的難度已增加不少。隨着近幾年的移民潮，各行各業也有人才流失，雖說香港人有三頭六臂，經常一個人扛下兩三個人的工作，但是若然長期十個沙煲九個蓋，最終只會換來爆煲收場。這個不良現象，相信是很多公司店舖的寫照。

走到街上，看到不少食肆及零售商店都在店外張貼招聘啟事，大小職位應有盡有，尤以聘請日夜顛倒的夜更最多。似乎整個市場都有工沒人做，唯有各自用自己的方式努力爭奪人才。

七、八十年代經濟起飛的香港，長期出現渴求人才的情況。那時製造業興盛，玩具廠、製衣廠出現大量空缺，基本上有手有腳智力正常的都會僱用。當年電腦及網絡尚未普及，工廠大廈大堂的招工牌就成為刊佈啟事的最佳位置。午飯後，工友們都會聚集在牌前，檢視新登的廣告，興高采烈地談論不同公司的待遇，比較工資的高低。昔日的招工板彷彿就是初代的上班一族討論區，每天都爆高人氣。反觀現在，自從有其他成效更高的請人渠道後，工廠大廈的招工牌已無人問津，大多淪為管理處的告示板。

至於書寫格式，小店的招聘啟事並沒有任何規定，一般都是老闆信手拈來一張紙就寫。正如之前《大人字》那篇所述，字跡能夠直接反映筆者的心理。看着不同店主的筆跡，有些寫得極為方正，有些有如平行四邊形，有

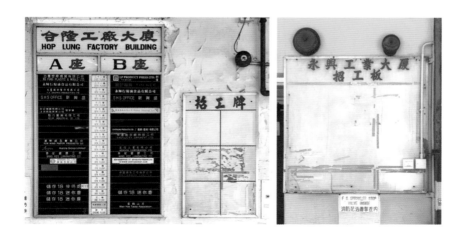

些自由隨性，有些則當作是美術字般雕琢，求職者望到，會否猜測東主的性格，繼而影響他們的求職意慾？

閱讀廣告時，我除了會留意筆跡，也會細心咀嚼用字。譬如上面這張拍攝自尖沙咀一間凍肉店的啟事，採用中英對照，強調「歡迎各族人仕（士）」，看來老闆有意招攬區內南亞裔居民，即使不懂中文也無任歡迎，最重要是覓得好職員。另一張招請雜工告示，把「一名」寫成「乙名」，目的是為了防止多手多腳的人將「一」字改成其他數字，轉用「乙」字便難以修改，加上這兩個字都是一筆而就，所以「乙」在粵語中約定俗成代表「一」。記得小時候，我買雪條中獎獲得「贈食雪條乙條」，傻傻的以為「乙」在甲乙丙丁排行第二，有二的意思，因此我便突然慷慨起來，豪氣地請同學與我一起分享那兩條免費雪條。得知實情後，我為了保存顏面，唯有硬着頭皮用原本買模型的錢，不甘地為自己的大方好客賣廣告。

生果菜檔的招聘板，以循環再用的發泡膠蓋製造，與同樣使用發泡膠製作的價目牌感覺統一諧和。牌上刻意用上另一種顏色來書寫日薪「760 元起」，大概這個薪酬在業界算是可觀，才會如此強調。我不太清楚企位後勤的工作性質，如果是一個新手也能獲取的職位，那麼每小時 76 元的薪水（假設一天工作十小時來計算）似乎不俗，至少比最低工資高出接近一倍。

說到最多人爭奪的工作，不得不提洗碗。忘記從哪時開始，洗碗變成一個時薪超越大學畢業生平均薪酬的熱門工種。請人洗碗的廣告比比皆是，當中我特別欣賞這張，覺得它可以納入平面設計 101 作為教學素材。文案方面，它僅用上十六個字就交代了工作性質、時間和工資，簡潔清晰，一個多餘的字也沒有。美學方面，雖然作品應該是以秒速製作出來，但佈局分明，懂得運用設計元素，以線框圍繞「洗碗」標題，成功凸顯重點，吸引有意求職的人。

對於求職者來說，世上最大的謊言，莫過於招工啟事上的「高薪」。「高」只是一個裝飾字眼，沒有實際用途，就正如茶餐廳餐牌的「俄羅斯牛肉飯」，假若你以為它的「俄牛」是由俄羅斯空運抵港，或者是俄國的標誌性美食，那就捉錯用神了，這個飯其實跟普通蕃茄牛肉飯沒有一點分別，

都是港式碟頭飯的味道。儘管明知是廣告假象，但是我身為廣告人每次看到依然會被迷惑上幾秒，證明花言巧語有時真的很難抵抗。

招聘通告的謊話排名第二位是「急聘」，這個詞語極有可能是老闆用來與求職者玩心理角力的工具，讓求職者認為店舖因為趕急請人，會將門檻降低和薪金提高，於是把握機會及早見工。這樣店主便可在短時間內獲得更多僱用人選，從中挑出 best of the best。這個張貼於深水埗雲吞麵店的「急聘樓面＋廚房女工」啟事，我發現已急切了好一陣子，究竟是真的長期找不到心儀的員工，抑或以假焦急作為招聘籌碼，實在無從稽考。

對於一些只提供法例最基本福利的工作，招聘啟事又該怎樣落筆？我們可以向這個「招請掃外圍公園」廣告學習。筆者以「工作自由」作為賣點，令人充滿幻想和憧憬，感覺隨時累了，可以像灰姑娘般與鳥兒唱歌談心，重振精神後才開工；而且還有「假期及月薪」，待遇優良。不過我建議可以再加上「有清新空氣和免費食水」，使福利倍感豐富，連天天困在辦公室開 OT 的白領也想轉工。想要搶人才的僱主及人事部經理，不妨多多參考。

CHAPTER 4.3
休息是
為了走更長的路

你這個星期平均睡了幾多小時？今年的有薪假期還餘下多少天？香港是一個頌揚工作、敵視休息的地方，這個想法從各個城市生活細節表露無遺：工作狂老闆深夜傳來訊息，想你立即處理某些文件，你為了職場日子好過一點，心有多不甘願也打開電腦加班；你放假要找同事頂替，就算同事沒有給說話你聽，你也內疚使他百上加斤，於是決定自己扛下工作，一邊遙距上班，一邊放假「休息」；你專程到訪心儀的店舖卻吃到閉門羹，你不期然會覺得店家浪費租金去放假，完全不懂經營之道。時間就是金錢，放一天假就等於白繳了一天的租金薪酬，因此很多職業的工時也超長，大家都迫不得已全年開工。

對於一星期開足七日、接近年終無休的店舖，歲晚收爐至新春啟市的休假，就像是慰勞一整年辛勤工作的獎勵。正所謂「收個好尾開個靚頭」，收爐時在門前貼上啟市海報是一件很重要的事，而這張啟事無論是顏色、格式、恭賀字句字款，過去幾十年都沒有太大改變，連海報上的財神，由我兒時到今天也保持俊俏，吃過神仙蟠桃果然比美容凍齡針有效。除了財神外，帆船、互相祝賀的孩童、福祿壽等各種不同新春經典代表，這麼多年依然年年準時出現在大家眼前，提醒大家又過一年，是時候充一充電。

細讀每張啟事，除了羨慕那近十天的連休假，我也喜愛鑑賞各式風格迥異的毛筆字和箱頭筆字。一幅幅貼在鐵閘上的作品，把冷冷清清的街道變成一個習字比試場，自己亦化身書法評判，選出今年叱吒一時的我最喜愛啟市海報手寫字。海報上經常採用的詞語「仝人」，到了這個世紀可以說是特別為新春啟事而設的用字，我在其他地方幾乎沒有見過。它的本字寫法是「同寅」，意思為同事、同僚，故適合商業機構使用，以公司的名義集合全體同事向客戶鞠躬拜年，似是跟客戶說：「我哋真係恭喜你呀！收工先，開市等收你利是！」

關於假期，做廣告的人經常無福消受，最礙事的要數設在星期一的提案會

議。挑選星期一跟客戶開會，潛台詞就等於周末要 OT，而廣告業加班是沒有加班費或調休的，所以這個安排，絕對是將 Blue Monday 提早由周末開展。除此之外，每到年底人事部就會發出電郵通知，要求在三個月內清理積壓的年假。過去初出茅蘆的我薪水低微，不打算花錢去旅行，於是把剩餘的六、七天假期，安排在每個星期三，自製做兩天、放一天的理想工

作方式。可惜少年我當時實在太年輕，搞不清廣告界的作業模式，最後不少 Happy Wednesday 都無奈要銷假，年假最終也趕不及放。

今天已轉型為自由工作者的我，每星期也可以奉行任性上班時間，在別人忙得頭昏腦脹的工作日子，輕鬆地在暢通的街道上閒逛。不過自從搬入離島，我才發現天外有天，島上有些商店除了每周放一天例假，還經常肆意休業，比任性更任性。你看，有店舖直接在「休息一天」的「一」字貼上三條白色電線膠紙，改為休假三天。有的更誇張，掛出「休息數天」的告示牌後，過幾天再在前面掛上「休息數星期」的新告示。不過相反地，有時說好要放假，又會突然開門營業，比蠱惑的槍更難捉摸。

滿以為離島的食肆已經十分有性格，怎料有天在土瓜灣，發現一間食店用雙色箱頭筆在紙皮寫上「休息 45 天」，是足足兩個月工作日數的四十五天，可以想像一般只有十數天年假的打工仔見到時，只有滿口的酸溜溜。另一張「大休息」啟事，則選用排比句式，寫上「今天休息，明天休息，后（後）天也休息」，簡潔地強調自己的佛系營運方法，令我完全感受到店主無慾無求的超脫心境。

一場疫症令整個香港，甚至整個世界都被迫放了一場大假，香港這個購物和飲食天堂，那段時間真的完全上了天堂。疫情反覆，政府對食肆和店舖的防疫政策更為反覆，要知道店舖到底是照常營業還是暫停開業，靠的就是貼在鐵閘外的一張紙。這張臨時啟事用字非常隨心，有的東主會註明休息幾多天，如果日數有改便重新再寫；有的從經驗中領悟到世界的五時花六時變，為免被耍得團團轉，於是含糊地寫上「休息數天」，甚至「暫停營業」，直至另行通知為止；有的店主選擇即席在通知的日數上刪完又改便算，從落筆的力度和任由通告改得亂七八糟的態度，看得出老闆由起初的無奈順從，到後來已變得煩躁憤怒。

暫停營業引致的有出無入財赤問題，普遍是東主

最大的憂慮，而這方面對於離島的店家來說，壓力相對少。島上的店舖即使不是自己物業，租金也不會是天價；而員工有一半或以上是自己的家人，自然可以互相體諒。因此疫情大概沒有擊倒很 chill 的離島老闆，譬如上面提過的那間休息數星期的店，在疫情期間的休業通知寫上「疫情更嚴峻，休息多幾日」，短短幾個字，已經感受到店主有種天跌落嚟當被冚的從容。經過休息了不知多少天後，店家終於更新大閘上的啟事，保持一貫的樂觀寫上「疫情好 D（啲），星期二正常營業」的勝利宣言。一張簡單的休業啟事，反映了不同人對逆境的看法和心情，亦記錄了這個城市被休眠那幾年的荒誕歷史。

打工仔辛勞工作一整個星期，最渴望的，可能只是周末那一兩天可以一覺睡到自然醒，然後在家中度過一個慵懶的午後，儲夠能量再應付下星期的挑戰。不過有時將休息時間花在一些可以令自己開心的事情，可能比睡足半天來得更有意義。以我本人為例，我放假時在街頭四出尋找有關休息的文字，這個活動本身就讓我感到放鬆和享受；又夠電，又可以再去打拼。

彩虹道街市及熟食中心
CHOI HUNG ROAD MARKET & COOKED FOOD CENTRE

CHAPTER 4.4
街市大學

小時候跟外婆去街市，某程度上算是一個童年陰影。當年的街市又逼狹又濕滑又悶熱，那時只得幾歲的我身材矮小，跟着婆婆穿過擠擁的通道時，根本看不到前路，只能在主婦和女傭的屁股之間閃躲，完全不明白為甚麼要走進這個鬼地方。長大後有了自己的住所，起居飲食全部靠自己，街市竟然成為我其中一個喜愛的地方，除了因為身高已經脫離那條「屁股木人巷」之外，還因為街市處處都藏着市井智慧，每次進去都儼如步入一所 University of Market，使我獲益良多。

街市大學作為提供全民通識教育之所，校舍遍佈十八區，每位市民均有資格進入這所大學就讀。大學採用最貼地和生活化的教學方式，讓學生依照個人的興趣及時間彈性修讀不同科目，一邊逛街市，一邊增長知識。

第一個學生最愛選修的科目是蔬果價格運算。街市菜價行情瞬息萬變，花多眼亂的價錢牌更加暗藏玄機，只要細心留意各個檔口的貨品價格，或多或少可以知道哪款蔬果是市場近期的大熱，哪種正值當造而流通量增加，這些都是網絡不會教曉你的知識。

例如豆苗在時令的十月至翌年二月，價格可以由其他月份的每斤 30 元攀升至每斤 80 元，假如遇上像冬至這種求過於供的日子，豆苗價錢更可上漲至巔峰，因此入手前最好先來回不同檔攤，收集蔬果的價錢和品質情報，再作詳細比較和微觀分析，就可以計算出最符合成本效益的選項。這個科目非常適合負責買餸煮飯給一家人的全職主婦修讀，相信修畢之後，她們自此對市場行情分析，可以敏銳得像呼吸般輕鬆自然。

第二個熱門科目是動物學。街市大學收集了數以百計的活體動物和解剖標本，讓學員從實體觀察去認識各種動物和牠們的不同部位。

譬如學習雞隻，大學雞檔會提供逾十個種類，包括大眾熟悉的嘉美雞和龍崗雞、較少見的雪鳳凰和葵花雞等，並配上清楚的名字標籤，希望讓過往只懂得識別家鄉雞和麥樂雞的初學者如我，也能把牠們清楚分辨出來。雞販教授更會指導學員如何挑選一隻好雞，不同類別的肉質有甚麼分別等等。不過當我問教授「有雞先還是有蛋先」的哲學問題時，他就轉介我去找亞里士多德了。

至於要獲取海洋生物的知識，可以前往大學的「海洋生態館」。這裏飼養了各式游水的魚類、貝類、螺類及甲殼類海洋生物，學員可以自由地向魚檔老師請教牠們的起源地、與香料食材的相容性等。本科最引人入勝的環節，就是觀賞解剖表演。老師以純熟的刀功，清脆利落地將魚體分成兩邊，展露鮮嫩的肉質和完整的內臟結構，吸引我們按照牠的身價作出熱烈討論。

接着是中文科，這個科目細分為兩大課程——學院派中文及市井派中文。

由於學院派中文的教授對本地和國內農業十分有研究，所以課程主要是透過學習農作物的正宗名稱來提升學員的中文水平，而課堂會介紹的農產品包括牌中所見的「上海塔菜」、「莙薘菜」、「馬齒莧」等。我聽到這些讓人摸不着頭腦的厲害名字，再次察覺到自己不是學術研究的料子，於是悄悄地離開課室，把位置留給識貨之人去學習。

走到市井派中文的課室瞄一眼，馬上感到這裏的中文字有趣得多。它最奇趣的地方，就是每個字都看得明白，但組合起來又很陌生。望着菜檔發泡膠牌上的「九才」、「洋沖」、「彩召」、「完西」，我在心中逐個讀出來後，才發現其奧妙之處：它們都是蔬果名稱的諧音字。這個用法的好處除了縮短書寫時間，還可以方便理解。就如剛才學過的正統菜名，看得懂的人其實不多，因此以諧音字代替，可以使溝通更容易。

不像茶餐廳術語有一套標準，各個菜檔使用的諧音字頗為參差，若然用得不夠準繩和嚴謹，反而會引起溝通問題。我從菜檔的價目牌挑選了三道比較特別的題目，讓你也猜一猜。

第一題：番士苗。對於深諳譚仔話的香港人，應該估得到是蕃薯苗。

第二題：塘好。這題不難解答，困難的部分反而是要寫出它的正確中文名──茼蒿。儘管茼蒿的筆劃不算複雜，不過其諧音字確實對普羅大眾來說比較容易明瞭。

最後一題：林妹。如果你不看圖片也能猜得對，你可以跳過課程直接拿 A 了，我倒是要見到價錢牌下的真身，才知道是鄉音版的藍莓。

假若你以為街市大學只會教授有關數字和文字的知識，你便走眼了，這裏也有相當傑出的美術教學。在裝飾得像魚檔的美術教室中，喬裝成魚販的繪畫老師將魚缸前的價錢牌，變成他童心洋溢的畫作：本來濕黏黏的恐怖田雞經他妙筆一揮，賣相瞬即活潑可愛；悍健的大白鱔在他的馴服下，化成寵物小精靈；而他筆下的生魚和生斑魚（相信是山斑魚），一條身型修長及滿身斑紋，另一條頭扁兼唇厚似香腸，看罷不再傻傻搞不清。

除了魚檔的「old seafood」繪畫老師，其他美術老師也在街市不同角落創作各有特色的藝術作品，例如「鮮雞蛋王」的木招牌用上白、紅、黑三色，選色除了想突出個人風格，還有將辨別雞蛋、皮蛋和鹹蛋的因素考慮在內；而在木隔板上的手繪雞群圖，則採用混合媒體技法破格地貼上真雞毛，令作品別具立體感，同時為校舍帶來生氣。

大概這所大學的學生以女性居多，校方也特意聘請了幾名高質素的男導師，企圖令招生率直線飆升。

有人說，認真工作的男人最迷人，我反而覺得，懂得俘虜女人心的男人更吸引。這位凍肉檔導師，在胸口掛上「羊腩BB仔」的名牌，似乎想藉着可愛暱稱，打破與女同學的隔膜，使這群在羊肉知識裏迷途的小羔羊，加倍專心聽講。若果下次講授豬肉的知識，不知道他的名牌會否改為「BB豬」呢？

「你以為你匿喺度就搵你唔到咩？冇用㗎！你呢啲咁出色嘅男人，無論喺邊度，就好似漆黑中嘅螢火蟲一樣，咁鮮明，咁出眾！」這段倒轉也能背誦的《國產凌凌漆》電影對白所描述的那個發光的男人，我今天終於親眼見證到。雖然他不像戲中的周星馳是賣豬肉的，但憑着他憂鬱的眼神，唏噓的鬚根，以及胸前「大麻」兩個字，我敢肯定這位賣魚的，一定叫阿成，大麻成！

有憂鬱型的，亦有鐵漢柔情的。看看另一位魚檔導師，他魁梧的身材、結實的肌肉、清爽剛陽的 undercut 油頭，還有珠鏈加十字架層疊式頸鏈的潮味襯法，完全展現出品味熟男的風采。喝完一口藍妹啤酒，他不疾不徐地把酒樽插入魚缸中冰鎮，然後戴上層次感滿分的灰色袖套配紅色膠手套，溫柔地將新鮮的九節蝦捉上水面，向在場的同學耐心地介紹，期間更不時以笑容放電。望着學員們的心心眼，顯然已被他的魅力地圖炮擊中，賣魚的男人，好像都是擁有強大磁場的能力者！

聽完我對街市大學的簡介，希望你也像我一樣，除下對街市的有色眼鏡，重新認識這所大學的驕人之處。其實不同區域的校舍各有所長，提供的科

目也有所分別，譬如有些學校會舉辦縫紉工作坊，示範改衫鈒骨的技藝；有些會不定期邀請資深拜神祭祀師，進行文化講座。如果你想了解更多，不妨向家中或身邊的前輩取經，他們應該會把縱橫街市多年的所聞所學，毫不吝嗇地與你分享。

CHAPTER 4.5
矜天罕世·
地產文學 第一期

要數香港的世界第一，怎能少得房地產市場？調查指出，香港繼續蟬聯全球樓價最難負擔城市，即使樓價這兩年有回落，但是市民依舊要不吃不喝近十七年，才能換取一個永久的家，一個隨時比外國的主人房還小的偽豪宅。我們這個全球 No. 1 的病態樓市，相信排行第二的城市也望塵莫及。

至於香港房地產的另一個世一，就是那些超脫現實、如詩如畫的地產廣告。據我了解，這種樓盤廣告文化是在幾十年前，由一家本地廣告公司創造的。這群才思敏捷的廣告人捨棄一般以實用為主的做法，把房地產當成一種生活態度來推銷，將依山傍水的壯麗風景、上流貴族的奢華生活投射出來，描繪一幅讓人趨之若鶩的圖畫，務求要把生活層次連同樓價，推上聖母峰之巔。當時樓市興旺，市場對這種宣傳手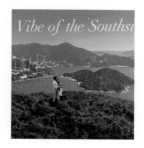法非常受落，其他發展商亦爭相仿效，使它慢慢變成主流。聽說世界各國不少地產發展商也積極參考，令香港廣告揚威國際。不過自從政府立法管制禁止失實陳述後，那種離地程度的廣告已成往事。

推銷一個樓盤包含很多宣傳品，當中大部分的文字創作都是由廣告公司派出的一至兩位文案負責。亦即是說，地產項目的工作

對於文案來講，無論是寫作難度及工作量都極具挑戰性，我每次看到他們茫無頭緒地翻查字典、新詩、武俠小說等尋找下筆靈感，負責美術畫面的我只能在旁默默支持。

根據我的非正式統計，每位文案都會自製一個房地產詞彙庫，將平日收集的特別字詞放進這個 Word 檔案。我看過一個同事的珍藏，裏面收納的詞彙真的令我咋舌，有感自己從來沒有學習過中文一樣。例如描寫寬闊的海，其中一個選擇是「淼漫八海」；形容連綿的山，有「重巒疊嶂」；描述房子有多珍貴，可以用「矜天罕世」。這些華麗辭藻最主要的目的，就

是要在虛與實、明與不明之間，找到空間去營造那份高攀不起的優越感。

不怕生壞命，最怕改壞名，所以在整個房地產的營銷計劃中，改樓盤名是一件無比重要的事，也是一件極之困

難和艱苦的事。名稱那短短幾個字，要表達出項目的特色，譬如位置、景觀和貴氣，而且無論是廣東話抑或普通話讀音，取其諧音都不可有負面的含意。

舉個例子，假若名字要帶出面向獅子山並有豪華的感覺，可以用一些有關獅子山或普遍描述山的字，諸如獅、傲、崇、峻、崙；要有豪華感可以用名、譽、尊，或者加上玉字部首依然同音的字，好像琚、璟，藉着玉石來增加矜貴程度。然後將這些字組合，得出「峻璟」、「名獅山」、「尊崙」、「傲琚」等名字，向客戶提案。市場部客戶應該會先剔除「獅」字的名稱，因為與「屍」體同音，兆頭不好；繼而是「傲琚」，自己用廣東話讀一次，就知哪個戇居想買這兒！不要以為餘下的生還樓盤名可以順利過關，若然市場部客戶的回覆模稜兩可，即是未滿意到可以呈給銷售部及大老闆，讓他們提出新一批意見，然後再作更改。如是者經過數個月幾十輪的提案及修改，望穿秋水，等到樓盤落實推出，名字終於會作個了斷。

講到豪華格調，香港有自己的一套審美準則。本來用富、華、豐、盛等已有此意，可惜這些基本級別的字彙早在數十年前已大幅採用，你看看海景公屋「華富邨」，就可以估計到客戶有多想自己的樓盤與它齊名。因此名稱的格調要更上一層樓，不是選擇頂級的字眼如冠、領、臻、首，就要出動帝皇式的豪華，拋出帝、御、堡、爵等字。

THE HERMITAGE 帝峯·皇殿

櫻桃街公園

在我心目中，樓盤名字窮奢極侈的第一位，必定是「帝峯·皇殿」。它利用最高級別的奢華用字，建構為帝級皇者而設、位於最高峰的宮殿，這種高高在上、無人能及的姿態，大概只有港島山頂或是淺水灣級數的傳統豪宅地段的花園洋房才可以匹配。於是我從地圖搜索「帝峯·皇殿」的位置，終於在港鐵旺角站與奧運站之間發現它的蹤影⋯⋯我想這個帝皇可能剛好落難來到旺角，就順道在這裏興建他的小宮殿吧！

九龍區的樓盤，時常把「龍」字放在名字當中，一方面可以展示地點，另一方面又能彰顯氣勢地位。如果想再描繪深入一點，加三點水變成「瀧」，代表可以眺望維港海景；加上玉字部首變成「瓏」，將珍貴程度加倍昇華。「有冇方法令樓盤名個『龍』字，威過晒其他發展商嗰啲『龍』？」在一次提案會議中，客戶突然提出這個棘手問題。負責的創意總監聽到後，不慌不忙地建議：「加多一條龍吖，變成兩條龍；想再極致啲，可以用夠三條！」說罷鍵盤發出啪啪幾聲，電腦螢幕出現了「龖」和「龘」兩個字。客戶聽後滿面疑惑，在旁的同事見狀馬上幫忙游說，提議「龍」可以在項目第一期的名字使用，「龖」在第二期，「龘」則在第三期。在旁邊食花生的我，能夠見識到這種玩弄文字的急才，真是大開眼界。

買樓，地利位置往往是最大的考慮因素，所以廣告公司也會為如何強化這

個賣點而絞盡腦汁。記得舊同事曾經創作過一個廣告標題是「屹立都會中央，名中名，最中最，只此一薈」，項目能稱得上在都會中央，我想不是在中環的核心商業區，也該在它對岸的尖沙咀吧。怎料一看內文，地點竟然是大圍附近！我滿腦問號去詢問原作者，他馬上打開地圖，在香港地域畫出一個四面對稱的十字，而兩線的相交點，亦即是香港地理上的中間點，就是大圍。執筆寫這篇文章之時，我再向該位同事問及細節，他今天重溫舊作，也覺得自己當時應該是撞鬼，才會寫下如此「金句」。

很多年前，我任職的廣告公司接過一個位於灣仔的住宅項目，由一位行內知名的日本通創意總監負責。他屬下的文案同事依照客戶的指示，把地利優勢注入名字中，用心地創作了一堆選擇，如「御灣仔」、「名灣寓」等，然後向上司提交建議。可是創意總監讀後似乎不太滿意，拿起墨水筆一揮，輕輕地寫下「裏金鐘」三個字，並解釋理念：靈感來自裏原宿，裏原宿除了是地名，也代表該地的新興品牌和相關產業的次文化運動，藉此來寓意這幢住宅將會帶起灣仔，成為文化的中心地。這個嶄新的名字，可幸在第一輪提案已被客戶剔走，不然大家今天就會在灣仔看見一座令人大惑不解的「裏金鐘」。

另一個讓我一世難忘的地產廣告工作，就是西九龍商場 Elements 的開幕項目。聽聞當時發展商為了替商場創作一個精妙的中文名字——亦即現在的「圓方」——徵用了中港台三地最知名的作家、詩人、填詞人等。最後那位起了圓方一名的優勝者是誰我已沒有印象，只記得在那二、三百個落選提案當中，找到一個「外里門」的名字，相信是為了取 Elements 的諧音，安插了一個為西九締造新里程、打開新消費模式大門之類的含意給它。我不反對取諧音的做法，只是每次幻想人們要跟的士司機說去「愛你

們」商場時，老司機定當在濕滑的公路上打個深深的「冷震」。而我

亦極度懷疑這個自戀的名字，幾十年後投胎轉世，成為近年知名的「海之戀」、「愛炫美」，似乎品味真的離我們越來越遠。

任由樓盤名字改得怎樣驚天動地，最後很多時也敵不過發展商最高層或御用風水師的一句話，把創作人花了不知多少晚通宵寫出來的心血，一腳踢入資源回收筒。今次特意寫下這篇文章，為千千萬萬個胎死腹中的樓盤名字及文案做一個記念。

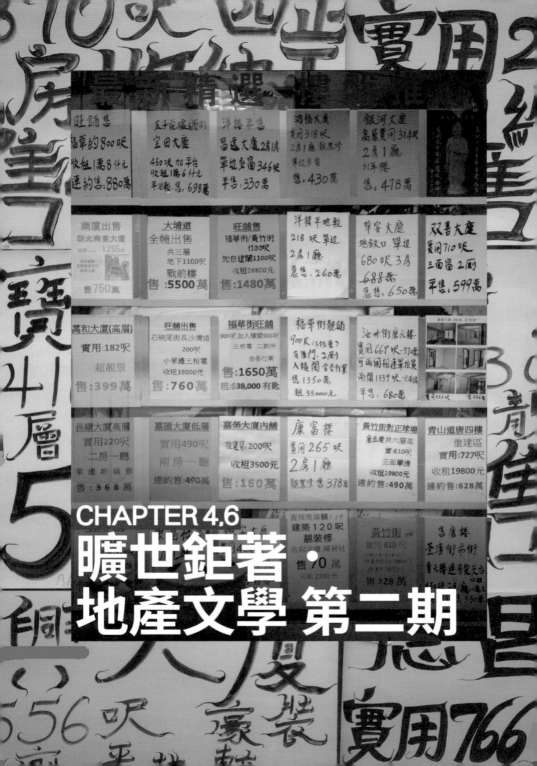

CHAPTER 4,6
曠世鉅著・
地產文學 第二期

香港樓盤廣告如何極盡奢華，上一篇已略談一二。有段時間地產銷售市場十分熾熱，每個月也有新樓盤作鋪天蓋地的推廣宣傳，地產代理為求取得生意，無不花盡心思，以層出不窮的寫作手法吸引買家注意，同時亦不知不覺發展出一套獨有的地產文學。

以前的租樓廣告非常簡約，街招一般只寫上「單人租房」或「三樓連天台」等基本到不行的資訊，然後就是聯絡電話。當你突然急需找一個地方容身，這些廣告無論再簡單再不起眼，在你眼中都會變成一個希望。它們大多沒有標明租金，令一些狡猾的業主可乘人之危開天殺價，不過亦有可能只是業主防止競爭者掌握租價而發動減價戰。如此簡單的一張紙，暗藏的行銷心理學可真不少。

為免被開出「海鮮價」，大部分人寧願多付一點佣金，找地產經紀代勞。舊區內，不難看到一些獨立的小型地產代理店，櫥窗總是貼滿不同的租售資訊，密集得幾乎把店面都遮蓋住。而這些店主很多都是札根區內多年的中年或老年人，與不少街坊如朋友般熟絡，平常街坊就算不是來作樓宇買賣，都會進來談天說地。閒聊間老闆也可順道打聽區內最新的地產動態，哪一家要放租，哪一戶想賣樓，都逃不過他們的收風耳。

每次途經舊式地產舖，我都會駐足觀看一番，除了好奇想知道該區的樓價和租金水平，最主要是被那些廣告墨寶所吸引。當然不是所有店舖的租

售廣告都可被譽為書法作品，但是每一間均具有其個人風格：有人選用毛筆字，展示扎實的書法根基；有人大玩美術字，在筆劃尾端加上小勾，為作品施展魔法，加添夢幻氣氛；也有人一筆一劃都以直尺劃出來，自創出一套「間尺體」美學。這款間尺字體使我感到十分親切，只因本人年幼時寫 copybook 的成績一向不好，平生以來可以獲得老師給予白兔印章作為讚賞的字，就是我用直尺逐個筆劃劃出來的。不過這種抄寫方法極之耗時，所以多寫一、兩篇後，我的字又打回原形。

租售廣告寫得美觀之餘，遣詞用字也要準確。上篇提及的樓盤廣告華麗辭藻，在直接行銷的情況下，未必及得上淺白實際的用字。好像這些介紹觀塘樓盤的廣告，店家以一手清秀自如的毛筆字，寫出「居高臨下」、「無邊無際」、「南風習習」、「空氣清爽」等詞語，簡單易明又不失意境。適應了樓盤廣告堆砌浮華的香港人，會否反而看不慣？

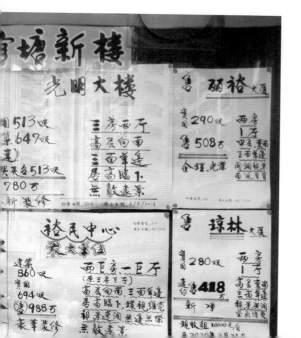

只怕香港人還是愛浮誇吧。看看這張貼在九龍塘區傳統顯赫地段的售樓單張，1830 呎豪宅「現大劈 600 萬送 2 車」。先不理意思到底是售價 600 萬，抑或由原價砍了 600 萬——反正我也買不起，但以「大劈」來形容豪宅降價，甚麼富豪貴氣也瞬即蕩然無存。不過老老實實，劈 600 萬又有誰不愛？

瘋狂的樓市，令地產經紀也瘋狂起來，世人已經阻止不到他們進行諧音食字創作，將港島南區樓盤澄天的售價變成「澄天霹靂價」。雖然它能夠吸引到不少注意，不過這個價錢究竟是霹靂地便宜還是霹靂地昂貴呢？若果含糊不清，無厘頭的「即睇即送戲飛」可能更易博取準買家的歡心。

創作需要講求品味，這張大型連鎖地產代理店的單張，就是品味撞車的重災區。廣告使用九種不同顏色的圓體字，色彩繽紛又可愛，不懂中文的外

籍人士一定以為是幼稚園的壁報作品。用詞方面，它主要走嘩眾取寵的浮誇路線，甚麼「無語問蒼天」、「跌到極麻木」，還有一句「米芝蓮味道　大排檔價錢」，用來形容價值 1928 萬的「大排檔」單位。這些低手的耍噱頭文字，貼在發展商精雕細琢的官方海報旁邊，反差之大，讓我「最後投降」。

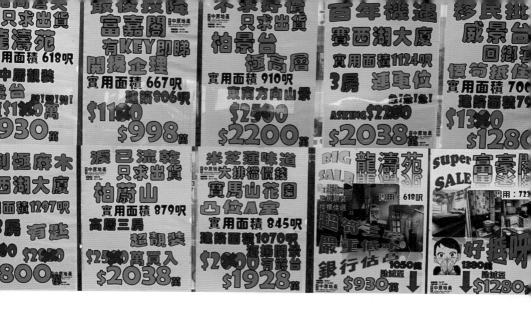

撇開品味不談，嘗試單純以文字創作的角度去閱讀地產代理的宣傳品，那種失控的創意，倒是令我大開眼界。我自己頗為欣賞「失戀急讓」和「分手要狠」這兩個標題，它們動用了情緒勒索作為切入點，動之以情，而且分手及被分手兩個視點都照顧得到，使構想的劇本更為完整。若然是真人真事，我很好奇業主是怎樣低泣地走進店內，跟經紀哭訴分手經過，還悲傷到要狠心賣樓呢？又如果有買家去參觀此單位，經紀會不會借這個失戀的故事，感動到買家想急急接貨？

假若世界有地產文學創作大獎，我會毫不猶豫地提名中原地產的西環分店。負責作詞的經紀能夠將小學生改編口水歌的創意和才能，充分地發揮在自己的工作上。這個二次創作《為妳鍾情》的作品，是在四月張國榮死忌時推出的，詞人選用一首耳熟能詳的經典金曲來改編歌詞，令觀眾一看已能在腦中補上音樂；加上內容創作出色，簡單三句便把三個推介的樓盤單位串連起來。

第一句「為你精明　傾價至勁」，已經表達出他憑着議價的才能，精明地為客人服務，而「請你珍藏　劈兩成」，巧妙地將減價 20% 的重要資訊套入原本歌詞，證明他議價真的非常狠。第二句「回後八年　終極一筍　用這真心痴價來做證」，真心誠意地勸告客戶今天不買，八年後必然會後悔。最後一句亦是我最愛的一句，它由故事情節描述「佢對我講一聲終於減兩舊」，流暢地引申到 call to action 的「馬上聯絡我的姓」，下面更立即出現黃生的電話號碼，其快狠準的確使我印象深刻。

正當我以為這些改詞廣告只是玩票性質，幾個月後，該位被賣樓耽誤的作詞人竟然推出新作，改編梁漢文的《七友》，把男主角守候女神那一廂情願的哀傷投射到業主割價售樓的慘痛感受。如果正在閱讀此書的你，就是填這些歌詞的黃生，容許我叫你一聲「寶翠園詞神黃偉文」！

香港樓市貴絕全球是一個公認的事實，但這個畸形的地產市場造就了香港奇怪的地產文學，而我敢說，箇中的創意一定是香港獨有。

為你精明　傾價至勁
請你珍藏　劈兩成
The Morgan　~~$9500万~~
實用：1591'　$7500万

回後八年　終極一筍
用這真心痴　價來做證
宝翠園　~~$2300万~~
實用：897'　$19XX万

佢對我講一聲終於減兩舊
馬上聯絡　我的姓
Novum West　~~$1580万~~
實用：540'　$1380万
96024025 黃生

誰人曾照顧過
佢的感受　~~$4688万~~
貝沙灣　~~$4285万~~
實用：1340'　$37XX万

為了出售
劈過價堅走　~~$2780万~~
宝翠園　~~$2630万~~
實用：955'　$24XX万

甜言蜜語沒有
但卻有我推介筍樓
宝翠園　~~$4350万~~
實用：1413'　$38XX万
96024025 黃生

CHAPTER 4.7
萬能
涼藥

小時候對於涼茶的印象，就是那個煲藥的瓦煲，每次在舊式雜貨店見到，已經條件反射地聞到那種濃烈的藥材氣味和苦澀味道。生病時要喝苦茶，外婆總是叫我閉起雙眼，一口氣灌掉，然後鑽入被窩焗一身汗，病氣自然消退。長大搬出來住之後，每次回老家跟父母吃飯，媽媽總會預早煲好涼茶，放涼後倒進膠樽，着令我帶回家喝，說甚麼清熱潤肺，還吩咐我不要喝太多汽水。

有天我在上環做完運動，大汗淋漓，實在管不了媽媽的話，想立即喝一支冰凍汽水助我快速降溫。無意間經過蘇杭街一幢唐樓，那通紅的地舖門面吸引了我的視線，我掃視門前的招牌和左右牌匾上的字，發覺原來這間是專賣盒仔茶的源吉林老店。閱讀店中的介紹，才知道盒仔茶本身的名字叫甘和茶，因為將藥材壓成小塊再包裝成小盒，所以大眾一般稱之為盒仔茶，有清熱、解暑、治感冒等功效。作為一個濟世為懷的百年品牌，他們

致力回饋社會，每天在門口放置寫上「請飲源吉林甘和茶」的大鐵壺，讓途人免費喝茶。剛巧有幾個印巴籍的修路工人走過來，我望着他們揮汗如雨，仍然大口大口地喝着冒煙的涼茶，完全能感受到他們對這杯茶的欣賞，同時亦令我這個記掛着冰凍汽水的香港仔，有一絲慚愧。

老一輩有句話「看你葫蘆裏賣的是甚麼藥」，葫蘆指的，就是傳統涼茶舖那個半身高的葫蘆形大銅鼎。以前保溫技術沒有那麼發達，需要把剛煲好的涼茶裝在銅鼎內，底部用炭火加熱來保持溫度，以確保出品新鮮滾熱辣。不過現今新開的店已經找不到銅壺的蹤影，就算存於老店的，大多已變成一件古董裝飾罷了。

農曆新年期間，有店舖將銅壺的水龍頭改裝成金龍頭，並在壺身貼上「飲過龍頭水，好運自然來」的對聯。不少人目睹都抵受不住好意頭的引誘，特意買碗龍頭水喝，希望好運降臨。這個充滿儀式感的做法，為過時的銅鼎賦予新意義，大概也算是一種保育文物的方式。

我每次見到有人點熱的涼茶，總覺得猶如點熱的凍奶茶一樣荒謬，明明涼茶就應該是涼的，為甚麼會趁熱飲呢？翻查一篇港九生藥涼茶商聯總會的訪問，原來依照行內指引，涼茶的正確寫法是「涼茶」，「涼」字從兩點水部首，這個專有名詞是指由藥材和草本加水煲出來的保健飲品；至於三點水的「涼」，才有微寒、冷掉的意思。細看街上的涼茶店，基本上只剩老字號店舖的招牌仍舊沿用傳統的「涼」字。我對約定俗成的做法無不贊同，反而是遇到同一間涼茶舖有齊兩種寫法，欠缺一致性，倒可讓我忐忑半天。

除了涼茶，店內曝光率極高的是龜苓膏。「清熱解毒龜苓膏」的舊式紅底白字燈箱下，一盅盅黑漆漆的啫喱可謂涼茶舖的鎮店之寶，由於它的售價比涼茶高很多，所以店舖都會作大肆宣傳，從招牌、門口外賣櫃面到專用雪櫃，全方位用來做推廣。

小學界多年來流傳着一個傳奇級冷笑話：龜死後會去哪裏？當然是海天堂。昔日的海天堂或其他主打龜苓膏的涼茶舖，總會有個魚缸放着幾隻生猛活龜，讓顧客覺得自家製的龜苓膏真材實料。記得兒時外公第一次帶我去吃龜苓膏，他指着魚缸，告訴我這盅東西是由那些烏龜做出來的。我看着枱上左邊的龜苓膏，再望着右邊爬得十分起勁的大龜，人生首次感到被夾在生與死之間。外公見我神情呆滯，大抵知道自己說錯話，把這個幾歲的孫兒嚇壞了。

在我阿公的年代，通常負擔不起去看醫生，喝碗涼茶出一身汗就當醫病。時代進步，現代人不會有病才看醫生，平常已培養出保健的習慣，不是自購保養品，就是定期找中醫調理，涼茶亦變相成為一種日常的養生飲料。

有天去荃灣剛巧有少許咳嗽，記得窄巷有一間感覺很強效的涼茶小店，便專程走過去買支涼茶紓緩一下。店外貼上一排宣傳海報，介紹針對各種都市常見疾病的涼茶款式，當中最厲害之處，就是那極之詳盡的內容：標題先註明主功能是「乾燥剋星」、「去濕至強」或者「清熱殺手」之類；隨後列出用料，讓體質敏感的人可自行選擇；最後再補充一大堆功能和提醒。我當作參觀展覽一樣閱讀海報上的內文，真的長了不少知識，原來「常歎冷氣少運動」就會聚濕；「周身骨痛」兼「墜住」就要重去濕；BB 飲奶粉會令「咀仔紅卜卜燥熱忟憎」，代表是時候清清熱氣。看罷下單，老闆遞上我的「咳到甩肺」茶，然後用醫師般的口吻叮囑我少吃熱氣食物，並謹記要整支喝完才能發揮功效。我聽到如此溫馨的提示，即使涼茶未飲，心理上覺得病已經好了一半。

生活在香港，誰不是食無定時、睡眠不足或煙酒過多？與其成藥當糖食，不如也聽從上一代的囑咐，嘗試飲杯涼茶消暑和養生，趕走都市病困。

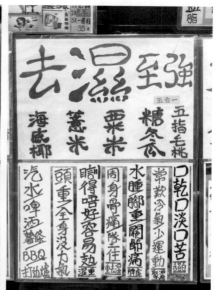
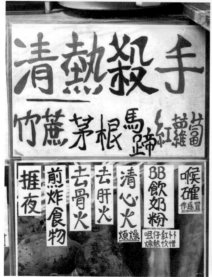

CHAPTER 5
自字後記

一齊睇字香港，睇住香港

大家有逛過書店，都會發現旅遊類別的書籍經常獨霸一方，從介紹不同國家的食玩買速食書，以至深度遊及紀行的書本都應有盡有。反觀教人遊香港的書呢？難道人人住在香港，真的人人都懂得這片土地的有趣之處？這本從文字入手認識香港的另類 guide book，就是希望讓你從日常熟悉而被忽略的東西中，找到欣賞香港的新角度。透過我的文字散步旅程，深入了解街頭智慧和貼地文化，對香港有一番新的領悟。

引用電影《飯氣攻心》的金句：「打開門，行出去，行遠啲。」但願大家讀畢此書，多點走出外面，用自己最舒服的方法，好好「睇住」和記錄我們這個瞬息萬變的香港，欣賞擦過身邊的庸常但無價之美。

最後感謝編輯們的賞識，亦多謝 Stella 和（怕鬼的）阿翹在寫作過程中的協助，沒有你們這些專業文案為我這個文盲作家把關，這本書恐怕要難產了。另外也感激大年華提供的舊物照片和觀塘公主的題目靈感，而 citywording IG 上認識的各位，你們所有的留言都成為這二十八個故事的催化劑。

我去台灣旅行填寫入境資料時，每次總想在職業一欄，填上一個不同的職業：農夫、科學家、作家，都在我的清單內。從今以後，我終於可以明正言順地寫上「作家」，為了這個原因，我要快些去一趟台灣才行！

Dave@ 都市字治學

2024 夏

睇字香港

作　　者	Dave Choi @ 都市字治學
責任編輯	吳愷媛
書籍設計	Dave Choi @ 都市字治學
書名字體	Katol
書籍排版	WhitePlainNoodles

在世界中哼唱，留下文字迴響。

出　　版	蜂鳥出版有限公司
電　　郵	hello@hummingpublishing.com
網　　址	www.hummingpublishing.com
臉　　書	www.facebook.com/humming.publishing/

發　　行	泛華發行代理有限公司
圖書分類	①香港　②流行讀物　③城市觀察
初版一刷	2024 年 7 月

定　　價	港幣 HK$138　新台幣 NT$690
國際書號	978-988-76389-5-7